散々に焦らしていたシリクとエリクだったが、
愛おしくて可愛い妹の淫らな願いを叶えるべく、
同時に乳首と秘玉を思いきり吸った。
Illustration©Ruka Urumiya

Tiara Label

ティアラ文庫

禁じられたX

二人のお兄様

沢城利穂

presented by Riho Sawaki

プランタン出版

イラスト／潤宮るか

目次

※本作品の内容はすべてフィクションです。

序章　コンプレックス

まだ蕾《つぼみ》ながらも甘い香りを放つラベンダー畑に隠れるようにして、先々月、十二歳になったばかりのリュシエンヌは一人で静かに泣いていた。

青紫《あおむらさき》色に染まるラベンダーの香りには心を癒《いや》す力があると母から教わっていたが、いつまで経っても心が浮き立つような気分にはなれない。それというのも、同年代の男の子にからかわれたせいだった。

リュシエンヌの一家はここプロヴァンス地方のゴルドという景観のとても美しい村で、広大なラベンダー畑とオリーブ畑、そしてシャトーを持つ男爵家だ。とはいっても男爵家とは名ばかりで、父は農園経営とワイン製造に忙しく、いわゆる地元の名士という程度で、他の村人より少々裕福な生活をおくっている程度の田舎貴族だった。

それ故に村人も気さくに接してくれるが、リュシエンヌと同年代の男の子は、気さくなのを通り越し、兄達の後ろにいつも隠れているリュシエンヌをからかってくる。

彼らはリュシエンヌをからかう材料には事欠かないようで、特によく言ってくるのが、リュシエンヌの髪と瞳の色についてだった。

優しい母や忙しくても家族を大切にしてくれる父、そして二人の兄は金髪碧眼《きんぱつへきがん》なのに、リュシエンヌだけがブロンズヘアにエメラルドを思わせる瞳をしている為、女の子を欲しがった両親が、どこかで捨てられていたリュシエンヌを拾ってきて育てた捨て子だとか、神様に生まれる場所を間違われた子だとか、男の子はリュシエンヌが密かに心配している事をよく知っていてからかってくるのだ。

（捨て子なんかじゃないってお父様もお母様も言っていたけれど……）

男の子にからかわれると、本当に捨て子だったり、神様に生まれる場所を間違われた子だったりするような気分になってしまう。特に二人の兄が天使のようだと誰もが賞賛するハニーブロンドに深蒼色《ミッドブルー》の瞳を持つとても美しい容姿をしている為、自分の焦げた色をした髪も、ありがちなエメラルドグリーンの瞳も好きになれなかった。

（シリクお兄様とエリクお兄様くらい、綺麗だったら良かったのに……）

せめて二人の兄のようなハニーブロンドだったのなら、少しは男の子にも言い返せるのに、顔立ちが母に似ていても髪の色がブロンズなだけで、まるでリュシエンヌだけが異分子のように言われるのは、とても悲しかった。

だからといって両親に恨み言はないし、天使のように美しい兄達は、リュシエンヌにとって自慢の兄達で、家族にはなんの不満もない。悪いのは自分であって、今日もからかわれたのが悲しいだけで、泣いた事が誰にもバレないよう、零《こぼ》れる涙を拭《ぬぐ》っている時だった。

「オレの可愛いリュシーを泣かせたのはどこの誰だい？」

「どちらか当ててごらん。当てたら苛《いじ》めた奴を懲《こ》らしめてあげるよ、オレのリュシー」

「シリクお兄様、エリクお兄様。お声だけではどちらかわからないわ」

背後からいきなり目隠しをされて跳び上がるほど驚いてしまったが、聞き慣れた兄達の声に、リュシエンヌは肩の力を抜いた。

しかし声だけで兄達を判断するのはとても難しい事だった。なぜなら、二人の兄は姿形だけでなく、声すらそっくりな一卵性双生児だからだ。

「お願い、お兄様。目隠しはやめて。そうしたらお兄様達を当ててみせるわ」

泣き笑いになってしまったが、リュシエンヌが努めて明るい声で乞《こ》うのに合わせ、二人の兄は特に示し合わせてもいないのに、陽を弾くブロンズ色の髪を撫でながらリュシエンヌの正面に座り直す。

「さぁ、どちらか当ててごらん」

「リュシーならきちんと見分けられると思うけど」

にっこりと優しく微笑む兄達を前にして、リュシエンヌはあまりの眩しさに目を眇《すが》めた。

神様に祝福されて生まれたに違いない兄達の圧倒的な美しさは、いくら見ても見飽きないほどなのだ。

緩《ゆる》くウェーブのかかった髪のひと筋さえ同じで、まるでルーブル美術館に飾られてる彫刻像のように完璧な顔立ちをしている。まだ十七歳なので身体は出来上がっていないが、この先、大人の男性になるにつれ、きっと逞《たくま》しくなるだろう事も簡単に予測出来た。

一人でさえ完成された美しさを持っているのに、二人揃った時の神々《こうごう》しいまでの美しさは奇跡のようでもあり、こんなに美しい兄達の妹である事が未だに信じられない。しかし確かに同じ血を引くからなのか、リュシエンヌは兄達を見分ける事が出来るのだ。

「さぁ、リュシー？」

「どちらがどちらかわかるね？」

「ええ、もちろん。右がシリクお兄様で、左がエリクお兄様だわ」

迷う事なく答えるリュシエンヌに、兄達は笑みを深くして左右からリュシエンヌの柔らかな頬にくちづける。

「正解だよ、リュシー」

「どうしてわかるんだい？」

「わからないわ。けれど、シリクお兄様はシリクお兄様だし、エリクお兄様はエリクお兄様なの」

両親ですら見分けがつかない兄達を、どこで見分けているのかと問われても、リュシエンヌ自体よくわからなかった。声だけでは確かに見分けがつかないが、ひと目見ればなぜだかシリクにはシリクの雰囲気があり、またエリクにもエリクらしさが窺《うかが》えるのだ。

もっと小さな頃は兄達もどちらか騙《だま》そうとリュシエンヌに悪戯《いたずら》を仕掛けてきたが、そういう悪戯をされても、シリクとエリクをしっかりを見分けてしまうので、兄達がなんでお互いの振りをしているのか不思議だった。

そして兄達は、なにがあっても正確に見分けるリュシエンヌを自覚した時からだろうか。目の中に入れても痛くないというほど可愛がってくれるようになり、十七歳という年頃になったというのに、彼女と呼べる女友達を連れて来る事もなく、リュシエンヌにばかり構っているのだった。

「きっとこの世でオレたちを見分けられるのは、リュシーしかいないね」

「あぁ、オレの可愛いリュシーだけに決まっている」

「そんな事はないわ。お兄様達を本当に愛してくれる女性が現れたら、きっとお兄様達を見分けられるに違いないわ」

無邪気に笑って見上げるリュシエンヌに、兄達は顔を見合わせる。

「どう思う?」

「きっとそんな女は現れないと思うな」

「オレもそう思う。それにリュシーさえ傍にいてくれたら、他の女なんていらないよ」

「オレも。リュシーさえいてくれればそれでいいんだ」

　左右から抱きしめられて、リュシエンヌは苦しいながらもクスクス笑う。こうやって抱きしめられると、男の子に苛められた事も忘れてしまいそうなほど幸せな気分になれて、とても安心出来るのだ。

　しかし兄達に大事にされるのは嬉しいが、些《いささ》か心配にもなってくる。

「きっと彼女がすぐに出来て、私の事なんか構っている暇《ひま》なんてなくなるに違いないわ。お兄様達はとても人気があるもの」

　実際にリュシエンヌの女友達の間でも、シリクとエリクはいつでも話題に上がってくるほど人気がある。十二歳の娘達が騒ぐほどなのだから、兄達と同年代の年頃の娘達が騒がない訳がない。

　田舎の村でこれほど美しく、完璧な容姿をしている年頃の男性など兄達以外にいないのだから、リュシエンヌの知らないところで愛を告白されていてもおかしくないと思うのだ。

「正直に答えて。もう星の数ほど告白されたのでしょう？」

「告白ね、確かに告白された事ならあるよ。オレとエリクを間違えてね」

「オレも。シリクと間違えて告白された事がある」

「まぁ……」

リュシエンヌにとっては違って見えるのに、愛している人を間違えてしまう娘達に驚いてしまった。愛しているのなら、兄達を間違える事もないと思うのに、相手を間違えて告白してしまうなんて、本気で愛しているのだろうか？

「シリクお兄様もエリクお兄様もぜんぜん違うのに……」

「そう言ってくれるのは、リュシーだけだよ」

「だからリュシーさえいればいいんだ」

また頬にくちづけられて、くすぐったさにクスクス笑いながら、兄達を交互に見上げた。

「妹にばかり構っていたら、いつまで経ってもお嫁さんが決まらないわ。それとも私をお嫁さんにするつもり？」

冗談っぽく言いながら凝視《みつ》めてみれば、シリクもエリクも顔を見合わせ、それからシリクがまだ小さなリュシエンヌの身体をギュッと抱きしめる。

「もちろんそのつもりだよ。オレの花嫁になってくれるね」

「ぁ……」

避ける間もなく口唇へキスを受けて呆然としているうちに、今度はシリクから奪うようにしてエリクがリュシエンヌを抱き寄せる。

「それはシリクにも譲れないな。リュシー、オレの花嫁になって」

「ん……」

今度はエリクにも口唇にキスをされ、身体を撫《な》でてくる。

優しく触れるだけのくちづけは二人の兄によくされてはいたが、なんだか今日のくちづけは、いつもより気持ちがこもっているように感じたのは気のせいだろうか？

見上げてみれば、深蒼色の瞳が優しく凝視めていて、照れくささを感じてしまった。

「シリクお兄様もエリクお兄様もおかしいわ。妹を花嫁にするなんて、神様がお許しにならないんだから」

わざとふて腐れた顔をしてもっともらしい事を言ってみたが、シリクもエリクもクスクス笑って、そんなリュシエンヌを流し見る。

「神様に背いてもいいと思っているよ」

「オレが信じるのはリュシーだけだよ」

「……私が捨て子だからそんな事を言うの？」

「まさか！」

やはり捨て子だったという懸念《けねん》が湧いてきて、思わず訊いてみれば、二人は同時に声をあげて左右からリュシエンヌを抱きしめる。

「母様がお腹を痛めて産んだその瞬間をしっかり覚えているよ」

「父様に呼ばれて母様に抱かれたリュシーと初めて対面した時から、オレたちの大切な妹になったんだ」

「リュシーは生まれた時からとても愛らしくて、家族全員で大喜びしたんだよ」

「なのに捨て子な訳ないだろう？　オレの可愛いリュシー」

顔中にキスをしながらリュシエンヌを安心させるよう、交互に言葉をかけてくれる兄達の気持ちが嬉しくて、不安な気持ちはどこかへ去ってしまった。

　こんなに大切に想われているのだ。そして兄達を正確に見極められるのは自分しかいないのだから、正真正銘《しょうしんしょうめい》、血の繋がった家族である事は間違いないと思えた。

　しかしそうなるとやはりリュシエンヌを花嫁にするつもりでいる兄達が、ますます心配になってくる。

「お兄様達に愛されてとても幸せよ。けれど、お兄様達はもうすぐ大人になるのに、妹にばかり構っていたら、本当にお嫁さんが来てくれなくなっちゃうわ。それに私にもいつか好きな人が現れるかもしれないし……」

「オレたちの絆《きずな》を邪魔するような女なんて、こちらから願い下げだ。だったら一生独身のほうがマシだよ」

「それより、誰か好きな男が現れたんじゃないだろうね？」

「も、もしもの話よ。好きな男の子なんていないわ。みんな意地悪なんですもの」

　なんの気なしに言っただけなのに、思いの外、真剣に問い質《ただ》されてしまい、リュシエンヌは慌《あわ》てて否定した。

村の同年代の男の子達はみんなやんちゃで意地悪で、完璧な兄達が常に傍にいるリュシエンヌにとってみれば、とても野蛮に思えて恋愛対象になどならないのが現状だ。

「リュシーは村でも一番の美人だからね」

「気を惹《ひ》こうと必死だな。けれど、リュシーがそう思っているうちは安心、かな」

「いいかい、リュシー。男になんて興味を持たないと約束してくれるね？」

「ええ、もちろん」

今は女友達と仲良く遊び、兄達に溺愛《できあい》されている事のほうが楽しくて、男の子を意識する暇などない事もあり素直に頷《うなず》いた。するとシリクもエリクも優しく微笑んで、リュシエンヌの髪を頬を優しく撫でてくれる。

兄達に撫でられると、コンプレックスの焦げたブロンズ色の髪も少しは好きになれるから不思議だ。そのくらいリュシエンヌにとって、天使のように美しいシリクとエリクの存在は絶対であり、なくてはならない存在でもあった。

口では兄達の心配をしているが、兄達がリュシエンヌの陰に男の存在を心配しているように、リュシエンヌも兄達に彼女が出来たら、きっと焼きもちを焼いてしまう事だろう。

女友達はそれをブラザーコンプレックスだと言うが、それでも優しく愛してくれる兄達から離れる事はなかなか出来ず、こうして蕩《とろ》けるほど温かな腕の中に抱きしめられている事が、今のリュシエンヌにはなによりも幸せな事だった。

第一章　闇夜の罪

初夏の風が吹いているのに鈍色《にびいろ》の空の下、教会の鐘が鳴り響くのを、リュシエンヌはどこか遠くで聞いていた。

「ゴルド村に貢献した男爵フェルナン・ド・ブランジェとその妻、エレオノール・ド・ブランジェは良き夫婦であり、良き両親であり、そして良き隣人であり――」

両側から兄達が支えなければ、立っていられないほどの悲しみに、今にも意識を失ってしまいそうだった。

「夫妻がゴルド村に遺した偉業は数知れず、我々は深い悲しみを乗り越えながらも、夫妻の遺志を継ぎ、夫妻が主の御許《みもと》へ召され、安らかに眠れるよう、ここに――」

笑顔で旅行へ出かけて行った両親が、物言わぬ人となって帰って来ただなんて、未だに信じられない。しかし実際に両親は旅先で交通事故に巻き込まれ、ほぼ同時に即死したとの事だった。その事実を兄達に落ち着いて聞くようにと抱きしめられたまま聞かされたのは、つい先日の事。

しかしリュシエンヌは我《わ》儘《まま》な子供のように泣き叫ぶ事はしなかった。

いや、本当は泣いて戻って来てくれるのならば、いくらでも泣いたかもしれないが、亡くなった両親が泣いても戻って来ない事を理解出来る程度には成長していた。

先々月十八歳になり、幼い頃はコンプレックスだったブロンズ色のウェーブがかかった髪は腰まで伸び、身体つきもずいぶん女性らしくなっていた。

細くくびれた腰を兄達に両側から抱かれて、張りのある胸には黒百合《くろゆり》のコサージュが飾られ、兄達に負けないほど美しく小さな顔は黒いヴェールで覆われていたが、黒衣に身を包んでいてもリュシエンヌの美しさは隠しようがなかった。

想像どおりに美しくも逞《たくま》しく育った兄達に支えられるリュシエンヌが悲しみに打ちひしがれていればなおさら、村人達の哀《あわ》れを誘い、誰もが悲しみに耐えている兄妹を同情の目で見守っていた。

「では、皆様、献花を以て最期のお別れを」

神父が十字を切り、場所を空けると同時に村人達が厳《おごそ》かな顔つきで、並んだ棺《ひつぎ》の上に花を添えては、兄妹に慰《なぐさ》めの言葉をかけたり、或《ある》いは肩を叩いたりして一人ずつ去っていく。

そして最後に残った兄妹が見守る中、墓守が棺に土をかけている途中で、一人の男性が墓所へと駆けてきた。

「待ってくださいっ！　私にも最期のお別れを……」

ずいぶん急いで駆けつけてくれたのだろう、その男性は額に玉のような汗を浮かべながらも、両親の棺の前で両手を組み、カサブランカのブーケを静かに置いてから、リュシエンヌ達に向き直った。

「来るのが遅くなって申し訳ない。報《しら》せが届いたのが昨日で」

「パリからわざわざ両親の為にありがとうございます。ジョエル・オベールさん」

シリクが握手をして出迎える人物を、リュシエンヌは白い顔でぼんやりと見上げた。

名前を聞いても誰なのか、両親をいっぺんに亡くした今のリュシエンヌには、人を判別する能力さえなくなっていた。

「ジョエル・オーベル、さん……？」

それでもその名が心の琴線《きんせん》に触れた気がしてたどたどしく呟くと、ジョエル・オーベルと呼ばれた男性が、リュシエンヌに向き直った。

「毎年、夏から秋までお世話になっている画家のジョエルと言えば思い出してもらえるかな？　よく辛抱したね、もう我慢しないで泣いてもいいんだよ、小さなリュシー」

「ジョエルさん……っ……」

優しい声で『小さなリュシー』と言われた瞬間、目の前にいる男性をようやく落ち着いて見る事が出来た。

ブルネットの髪を撫《な》でつけ、黒いスーツを身に纏《まと》ったジョエルの人の好さそうな顔。

その顔を見たら、それまで人形のようだったリュシエンヌの目尻が紅くなった。そして目に沁みるような刺激を感じたと思った時には大粒の涙がポロポロと零《こぼ》れ、リュシエンヌはジョエルの胸にとび込んで慟哭《どうこく》した。

「お父様……お母様ぁ……っ……！　いや、いやぁ……なんで、なんでなの……！」

「……かわいそうに、ずっと我慢してたんだね……」

大きな手で背中を優しく撫でられても、涙は尽きる事がなかった。それどころか余計に泣けてしまい、ジョエルのシャツを涙で濡らす。

葬儀の準備で忙しい兄達に余計な心配をかけまいと我慢していた、のかもしれない。

ジョエルに優しい言葉をかけられて、初めて泣く事が出来た。

そうだ、リュシエンヌは泣きたかったのに泣けずにいたのだ。だがジョエルのおかげでようやく泣く事が出来て、人形のようだった心が少しずつ戻ってくるのを感じた。

「……っ……う……お父様……お母様……いやっ……いやぁ……！」

「今は思いきり泣くといい」

慰撫《いぶ》してくれるジョエルに縋《すが》りつきながら、涙を流すリュシエンヌをジョエルは辛抱強く慰めてくれる。その優しさに甘えてしまい、涙があとからあとから溢れてくる。

物心つく以前から毎年、初夏になるとやって来ては秋に去って行くジョエルは、リュシエンヌにとって兄達とはまた別に心許せる存在だった。

十二歳の年の差があるにも拘《かか》わらず、気さくでなんでも知っていて、リュシエンヌを甘やかしてくれる頼もしくも優しい長兄のような男性《ひと》。

その人に泣いてもいいのだと両手を差し伸べられて、子供のように泣きじゃくるのを止められなかった。

両親が将来を買ってパトロンをしていた画家という事は後になって知ったのだが、このゴルドの景観を題材にした風景画を描いて生計を立てているものの、パリでは今ひとつ人気が出ないようで、絵は売れていないらしい。

それでも前向きに生活していて、想像する排他的な画家とは違い、とても健康的な男性で、リュシエンヌは毎年初夏になるとそわそわして、ジョエルが来ると絵の制作を邪魔するほど懐いていたものだった。

「リュシー……おいで。オレ達も最期のお別れをしよう」

「オーベルさんに迷惑をかけちゃいけないよ」

「ぁ……ごめんなさぃ……」

兄達に引き寄せられて、みっともなく子供のように泣きじゃくってしまった事を恥じていたが、ジョエルは優しく微笑んで頷《うなず》いてくれた。

「ご家族の最期の別れを邪魔してはいけないね。予定より少し早いですが、またあのアトリエを借りる事は出来ますか？」

「もちろん。自由に使ってもらって構いませんよ」

「今後の話は後日改めて」

「ありがとうございます。では私はこれで」

シリクとエリクが握手に応じると、ジョエルはもう一度だけ両親の墓所に祈りを捧げて去って行った。その後ろ姿を名残《なごり》惜《お》しげに見送っていたリュシエンヌであったが、兄達に腰を抱かれて現実へと引き戻される。

「さぁ、リュシー。三人で見送ってあげよう」

「きっと父様も母様も泣いているリュシーを見たら心配して天国へは行けないよ」

「ええ、そうね。そうよね……どうか安らかに眠ってください。お父様お母様、いつまでも愛してます」

墓守が立てた墓石へ母が大好きだった香り立つカサブランカと白い薔薇《ばら》のリースを捧げて、どうか安らかにと祈り、兄妹三人で寄り添う。

「今日からはオレたちだけで生きていくんだよ」

「ええ」

「もう今までどおりではいられない」

「ええ、ええ……」

「これからは三人で仲良く暮らしていこう」

兄達の言葉に頷きながら墓石を凝視《みつ》めているうちに、また視界がぼやけてきた。しかし頬へ伝う前に涙は兄達の口唇に吸い取られる。

幸いにして田舎貴族という事もあり、たいした財産がある訳でもなし、財産目当てに親戚を名乗るような輩《やから》はいなかったが、兄達は今日からでも広大な農園とシャトーを管理しなければいけないのだ。

兄達は仲がいいので諍《いさか》いにはならないだろうけれど、農園の農夫やワイン製造の職人、ひいてはその家族を兄達は二十三歳という若さで養っていかなければならないのだ。

兄達の言うとおり、きっと今までのようにのんびりとはしていられないだろう。

もちろん優秀な兄達ならば、きっと上手く立ち回るに違いないが、生活が微妙に変わっていくに違いなかった。

両親を一度に失うという喪失《そうしつ》感は半身をもぎ取られるほど辛く、抜け殻《がら》になってしまったようでも、せめて兄達の足を引っぱらないように強く在らねば。

そういう決意を込めて頷いたリュシエンヌであったが――。

隙間もなくぴったりと抱き合った兄達の手指が、黒衣の細腰に食い込む強さで抱きしめている事には気づけなかった。

† † †

葬儀が終わっても屋敷へ弔問《ちょうもん》に訪れてくれる遠方の名士が思ったよりもいて、優しかった両親が多くの人に愛されていた事を知ったが、たぶん最後になるだろう客人を見送った時点で些《いささ》か疲れてしまった。

悲しい最中に愛想笑いで受け答えしていたのにも気疲れして、リュシエンヌは自室のベッドに横たわり、誕生日に両親からもらった瞳と同じ色のエメラルドの指輪を翳《かざ》してぼんやりと凝視めていた。

（お父様、お母様……）

誕生石でもあり、瞳と同じ色だからと父と母がくれた形見となってしまった指輪を凝視めているだけで、両親の優しい姿が思い出されて泣けてきた。

年を重ねても仲睦《むつ》まじい夫婦だった。突然の訃報《ふほう》は、まるで不意打ちで叩かれたような衝撃があり、胸にぽっかりと穴が空いてしまったような喪失感があったが、愛し合う者同士、一緒に逝《い》けたのなら、一人取り残されるより幸せかもしれない、と考えるのは不謹慎だろうか？

それでもそのくらいの事を考えないと、リュシエンヌ自身が潰れてしまいそうで、必死に前向きな気持ちを取り戻そうとしていると――。

「……なにかしら？」

階下で兄達が声をあげているのが聞こえてきて、リュシエンヌは涙を拭《ぬぐ》いながら慌《あわ》ててベッドから起き上がった。

「そうだわ。お母様がいらっしゃらないんですもの。私が夕食を作らないと」

男爵家といっても田舎貴族のブランジェ家は、シャトーを持っていても、シャトーはワイン製造と保管の為に使っていて、実際に住んでいるのは、シャトーの遙か隣にある庭だけは広い二階建ての屋敷だった。メイドを雇うほどの広さでもなく、母とリュシエンヌが家事をすれば間に合う程度のこぢんまりとした屋敷に、親子五人で幸せに暮らしていた。

いつもなら母に呼ばれて家事を手伝っていたが、今日からは一人で家事をこなさなければいけないのに、食事の用意をすっかり忘れていたので、きっと兄達は空腹で気が立っているのだと、急いで階段を下りていこうとすると――。

「だめだ。リュシーが不審がる」

「盗られるくらいならいっその事、早めに切ったほうがいいんじゃないか？　オレは我慢出来ないね」

（え……）

名前が挙がった時点で、その場に立ち尽くして耳を凝《こ》らした。

なにか自分が不審がるような事があるのだろうか？

それに盗られるとか切るとか、なにやら物騒な言葉まで出てきて、余計に動けなくなってしまった。

シリクとエリクどちらが声を荒らげているのかわからないが、どちらかの兄がなにか我慢出来ない事があるらしい。けれど、なにが我慢出来ないと言うのだろう？

　意味がわからないながらも下りていくタイミングを見失ってしまい、息を凝らして立ち尽くしていると、階下のリビングが急に静かになった。

「リュシー？　そこにいるんだろう、下りておいで」

「は、はぃ……」

　息を潜めていたのに兄達にはすっかりバレていたらしく、階段をおずおずと下りていった。いったいどんな顔をすればいいのかわからなかったが、リビングへ足を踏み入れてみれば、兄達は優しく微笑んでいた。

　なんだか不穏な話をしていたようにも感じたのに、いつもと変わらぬ兄達を見たらホッとして、リュシエンヌも僅かに微笑んだ。

「まだ着替えてなかったのか」

　エリクがごく自然と手を差し伸べてきたのに応じて隣に座ると、すかさずシリクもソファへ腰掛け、リュシエンヌの髪にくちづける。

「ずっと黒衣でいるつもりかい？」

「今月は喪《も》に服すつもりよ。黒い服はあまり持っていないけれど、今月くらいは出来るだけお父様とお母様を偲《しの》んで静かに暮らしたいの」

　リュシエンヌの服は大抵、白やベージュで胸元にリボンやレースがほんの少し飾られているふんわりとしたワンピースばかりで、黒いワンピースは葬儀の時に着た物以外に二、三着しか持っていないが、それを着回すつもりだ。

「喪に服すのはいいが、あまり思い詰めちゃだめだぞ？」

　シリクにおでこをつつかれて静かに頷いたが、エリクに目尻を拭われてしまい、泣いていたのがすっかりバレていた。

「オレたちはもう大学も卒業して成人しているから、それなりに覚悟が出来ているけれど、リュシーはまだ気持ちの整理がついてないうちに両親を失ったんだ。オレ達に遠慮しないで泣きたい時は泣けばいい」

「遠慮なんてしてないわ」

「そうかな？　まさかオレ達よりオーベルさんに抱きついて泣きじゃくるとは思わなかったけどな」

「ぁ……」

　墓所での一件をエリクに引き合いに出され、リュシエンヌは赤面した。

あの時、どうしてジョエルに抱きついて盛大に泣いてしまったのか、自分でもよくわからない。けれど、人の好さがそのまま体現されているジョエルを前にしたら、なんだか気が抜けてしまったというか、たくさんいた村人も去り、気の置けない人達に囲まれて、ようやく泣くタイミングを見つけられたというか、とにかく泣きついても寛大に受け止めてくれる人にようやく会えた気がしたのだ。

だからといって、兄達が頼りない訳ではない。どちらかといえば、これから大変になる兄達に甘えてはいけない気がしたのだが、見上げてみればシリクもエリクも不本意そうな表情を浮かべている。

「……ジョエルさんにご迷惑だったかしら……？」

「というより、オレ達が、ね」

「大泣きするほど悲しかったのに、オレ達に泣きつくんじゃなくて、オーベルさんに行かれて兄の面目まる潰れというか……」

「オレ達はそんなに頼りない？」

左右から顔を覗き込まれて、リュシエンヌは首を慌てて横に振った。

「違うわっ。私が泣いてお兄様達にこれ以上、負担をかけたらいけないと思って……」

「リュシーのする事ならなにも負担になんて思わないよ」

「オレ達に気を遣うなんて、リュシーはいつからそんなに兄離れしたんだい？」

シリクにがっかりした表情を浮かべられてしまい、なんだか悪い事をしたような気分になったリュシエンヌは、兄達のシャツをギュッと握りしめた。

「……私、きっと兄離れ出来てないわ。だって、もしもシリクお兄様とエリクお兄様がいなかったら、寂しくて生きていけないもの……」

兄達が大学へ通う為、パリへ引っ越してしまった時など、家の中が急に広くなったようで、それでいていつも抱き寄せてくれていた二人の温もりがないだけで、とても寂しかった。週末や休暇には必ず帰ってきてくれたけれど、それまでがとても長く感じて、兄達に抱きしめられるのを心待ちにしていたくらいなのだ。

もう嫁入りしてもおかしくない十八歳になったのだから、いい加減に兄離れしなければと思うのだが、両親が亡くなったばかりの今は、もう少しだけ甘えていたい。

「シリクお兄様、エリクお兄様。お願い、まだ私をどこかへお嫁にやらないで。お父様とお母様の死を受け容れられるまでこの家にいたいの」

女性解放運動が盛んになってきたとはいえ、まだまだ政略結婚が当然のように蔓延《はびこ》っているのが現状だ。特に男爵家ともなれば、田舎貴族とはいえ縁談の話なら両親が健在の頃からいくらでも来ていた。

しかしリュシエンヌに縁談の話が持ち上がると、兄達が相手の性格から血筋、果ては財産や借金まで調べ上げ、両親に反対してくれていたので、リュシエンヌはゴルド村一番の美しい娘と賞賛されていたが、見た事もない相手と結婚する心配もなく、気楽に暮らせていたのだ。だが両親が亡くなった事で、今まで結婚を反対してくれていた兄達も、リュシエンヌを政略結婚の駒《こま》に使わざるを得ない状況が出てくるかもしれない。

　そう思って我が儘な願いを口にしたのだが、兄達はリュシエンヌを安心させるように微笑み、交代で口唇へくちづけてくる。

「心配する事はないよ。リュシーはどこにもやるつもりはないからね」

「……本当に？」

「もちろん。安心してオレ達の傍にいればいい」

　左右からギュッと抱きしめられて、リュシエンヌは今日初めて幸せな気持ちになれた。

　両親の死を知ってから、抜け殻のようになっていた心が満たされていくのが自分でもわかり、抱きしめてくれる兄達にリュシエンヌもギュッと抱きつく。

「安心したらお腹が空いてきたわ。もう遅いから簡単な物でもいいかしら？　ラム肉のソテーとアーティチョークのマリネ、それから庭のレタスにハーブとドライトマトでサラダを作るわ。お兄様達にテーブルのセッティングをお願いしてもいいかしら？」

「もちろん。今日からは三人で暮らしていくからね」

「それじゃ、テーブルはシリクに任せてオレはワインを選んでこよう。今日はリュシーにも飲ませてあげるよ。父様と母様の弔《とむら》いと、これからの三人での生活が上手くいく事を祈って」

父に女が酔っ払うものではないときつく言われていたので、ワインは毎年の初出荷の時のお祭りで、ほんの少しだけ舐《な》めさせてもらった事しかないが、ゴルド村唯一のシャトーでもあるブランジェ家が製造するワインはロゼで、味はもちろん最高なのだ。

いつかグラスで飲んでみたいと思っていたので、兄達の許しを得たのが嬉しくて、張り切って夕食の準備に取りかかる。

そしてほどなくして出来上がった料理を兄達も率先して運んでくれて、簡単な料理ではあったが、テーブルには色とりどりの料理が並んだ。

「食欲がなかったけど、リュシーの料理を見たらお腹が空いてきた」

「本当に。いろいろな手配に忙しくて、ロクな食事にありついてなかったからね」

「こんなに簡単な料理で恥ずかしいわ。けれど明日はお兄様達の大好物を作るわ」

兄達が喜んでくれるのがわかって、リュシエンヌは微笑んだ。

今日はうっかりしていたけれど、明日は兄達の大好物でもあるチキンのトマトバジル煮込みをたくさん作ろうと思った。

やる事があるだけで張り合いが出てきて、シリクが栓《せん》を抜いたロゼワインがワイングラスになみなみと注がれていくのを笑顔で凝視める。

「嬉しいね。リュシーが作るチキンの煮込みは最高だからね」

「明日はお腹をいっぱい空かせておかないと」

冗談めかして言うシリクとエリクに、リュシエンヌは思わず笑ってしまった。シリクとエリクは姿形だけでなく、好みまでまったく一緒なのだ。

それは食べる物から服の趣味、ワインの好みまでまったく一緒で、お互いが本当の半身のようになにもかもが同じだった。そしてリュシーの作る料理では特に、チキンのトマトバジル煮込みが最も大好きで、特になにも言っていないのに、それを作るのがすっかりバレていたが、わかっているならそれで腕によりをかけて作ろうと思った。

「さて、ワインは行き渡ったね。では乾杯しよう」

「シリク、それを言うなら今日は献杯《けんぱい》だろ」

「あぁ、そうだった。父様と母様の安らかな眠りを祈り、オレ達の新たな生活を祈って」

「献杯」

三人でワイングラスを傾ける。初出荷のお祭りの時には舐める程度しか飲んだ事がなかったロゼワインは、微《かす》かに甘くフルーティな香りで、リュシエンヌはすっかり気に入って、一気に飲み干してしまった。

「美味しい……」

ほぅ、とため息をついて見上げると、シリクもエリクもそんなリュシエンヌを優しく凝視めている。

「リュシーもワインの味がわかるようになったかな？」

「とっくにわかっているわ。もう十八歳だもの」

「ならもっと飲ませてあげよう」

「うふふ、どうもありがとう。エリクお兄様」

ロゼワインをまたなみなみと注いでもらうのが嬉しくて、リュシエンヌが微笑むと、シリクが呆れたようにため息をつく。

「あとで酔っ払っても知らないぞ」

「大丈夫よ。だってこんなに美味しいんですもの。お兄様達も一緒に飲みましょう？」

「そうだな、今日は飲みたい気分かも」

「違いない。リュシーの料理も冷めないうちに食べながらおおいに飲もう」

今度は献杯ではなく乾杯をして、兄弟仲良く料理を囲んでワインを楽しんだ。両親が亡くなった事を埋め合わせるように、両親の思い出話に花を咲かせ、シリクやエリクの冗談に笑いながら、ワインをどんどん飲んでいく。

そのうちに酔っ払ってきたのがわかったが、三人で囲む食卓から離れがたく、兄達と同じくらいワイングラスを何杯も傾けた。それでも、もう怒る父はいないのだと思うとまた悲しくなってしまったが、兄達の豊富な話題を聞いているうちに笑顔を取り戻し、楽しい気分のままリュシエンヌは食事とワインを楽しんだ。

† † †

初夏とはいえプロヴァンス地方の夜は、日中の乾いた日射しから打って変わり肌寒い。しかし兄達と一緒になって夕食時にワインを飲み過ぎてしまったせいか、身体が火照り、リュシエンヌはなかなか寝付く事が出来なかった。

身体も心も疲れ果てている筈《はず》なのに、目が妙に冴《さ》えている。酔っ払ったら眠くなるものだと思っていたが、眠気がおそってくる事もなく、被っていた布団を蹴る。

「はぁ……」

肌寒いくらいの外気が気持ちよくて、ホッと息をついたリュシエンヌは、酔いを覚ましながらこれからの事を思う。シリクとエリク、どちらの兄もリュシエンヌは今までどおりにこの家で過ごせばいいと言ってくれたが、両親が亡くなった今、一人だけ呑気《のんき》にしている訳にはいかないと思うのだ。

知識がないので農園の経営やワイン製造には携《たずさ》われないが、少しでも兄達の役に立つ事がしたいと思うのは、出過ぎた考えだろうか？

しかしなにをすれば兄達の役に立つのかは、具体的には思いつかなかった。出来る事といえば温かな料理を作り、家を掃除する程度しか思いつかない自分が歯痒《はがゆ》い。

（あぁ、そういえば……）

両親の葬儀にわざわざパリから駆けつけてくれた画家で、幼い頃から懐いていたジョエルの世話をする事をすっかり忘れていた。

両親がパトロンをしていたジョエルは、毎年、初夏から秋にかけてこの屋敷から少し離れた川沿いの一軒家を父からアトリエとして提供され、このゴルド村の景観を描く風景画家で、母はたまに夕食だけは出来立てを届けていた。それに滞在中の食材や生活用品をまとめて村の商店に頼み、絵を描く事だけに集中出来るよう色々と手配していた記憶がある。

両親の葬儀に参列する為、いつもより早めに訪れた事もあるし、兄達はきっと農園やワイン製造のほうで手一杯だろうから、家事をしながらジョエルの世話をしたら、少しは兄達の役に立つだろうか？

（明日の朝、お兄様達にお話ししてみよう）

やる事を思いついて、心が少しだけ軽くなった気がした。それにジョエルに縋り、みっともなくも泣きじゃくってしまったお詫びをしたい気持ちもあり、会いに行く口実が欲しいのもあった。

子供の頃は絵を描く邪魔ばかりしていたが、さすがに十八歳にもなって集中して絵を描いている邪魔をするような真似は出来ないし、用事のついでにお詫びをしてすぐに立ち去ればいい。

（そうよ。そうと決まったら早く寝なくちゃ）

しかし気持ちとは裏腹に眠気はまだまだ訪れず、それどころか冷たい外気に触れているうちに酔いが覚めて肌寒くなってきた。足元へ蹴飛ばした布団を引き戻す為に起き上がり、また横たわろうとしたが、その時不意に扉が開く音がして――。

「……お兄様？」

もうこの屋敷には自分と兄達しかいない事もあるが、こんな真夜中に兄が訪ねてくる事を不審に思い、声をかけてみたが村の夜はとても暗く、どちらの兄が訪ねてきたのかわからなかった。

「ずいぶん飲ませてしまったからね。様子を見に来たんだけれど……眠れない？」

「……ええ、なんだか目が冴えてしまって……」

闇に慣れた目を凝らしてみても、やはりどちらの兄だかわからないままでいるうちに、兄がベッドに腰掛けて、手探りで髪を撫でてくる。そして髪の中へ潜り込んだ指が優しく撫で下ろすのに合わせ、親指が頬を撫でる。

「……っ……」

いつもより慎重に探る指がくすぐったくて、肩がぴくん、と跳ねてしまった。それでも大好きな兄が触れているのだと思えば特に不快にも思わず、リュシエンヌはただされるがままでいた。

「まだ頬が熱いね。気分は悪くない？」

「ええ、大丈夫。酔いも覚めてきたし、私きっとアルコールに強いんだわ」

得意げに言うリュシエンヌに、兄はおもしろそうにくっくっと喉の奥で笑う。

「初心者にありがちな自信だ。強いと思い込んで調子に乗ると痛い目を見るぞ。ワインはオレ達の許しがある時だけしか飲んじゃいけないよ」

「これから毎日飲ませてくれるのかと思ったのに……」

「今日は色々あったから特別だよ。よく眠れるようにと思って飲ませたけれど、目が冴えているようじゃ飲ませた意味がないな」

「きっと飲み足りなかったのだと思うわ」

減らず口をたたくリュシエンヌに、兄はクスクス笑っていたが、笑いが収まると兄はまた髪を撫でてきた。

「まだ眠くはならないのか？　眠れないのは不安が強すぎるからかな……泣きたいならこちらへおいで」

「あ……」

大丈夫だと断る暇《ひま》もなかった。気がつけばベッドへ深く腰掛けた兄に引き寄せられ、まるで子供の頃のように膝に抱かれる形となっていた。

「いい香りがする……」

「ラベンダーの香りよ」

「あぁ、ラベンダーの香りも確かにするが、リュシー自身が放つ甘い香りがするんだよ」

「……っ……」

首筋に顔を埋められて、リュシエンヌは戸惑いながら肩を竦める。

兄達に抱きしめられる事はよくあるが、暗闇の中で手指が身体に食い込むほど強く抱きしめられ、自分が放っているという香りを嗅がれるのは、なんだか男女の秘め事のように感じてしまったのだ。

兄に対してそんな風に思うなんてどうかしていると思うが、逞しい腕に背中を慰撫され、大きな手から薄いネグリジェを通して、いつもより兄の温もりが伝わってくるようで——。

「……恥ずかしいわ」

「恥ずかしがる事はない。理想どおりに育ってくれて嬉しいよ。オレの可愛いリュシー」

「ん……」

愛おしいというように頬へ何度もキスをされて素直に受け容れていたが、兄の口唇が自分のそれと僅《わず》かに重なった瞬間、恥ずかしさが頂点に達して、兄の口唇から逃れるように振り解いて俯いた。

口唇への軽いキスは普段からされているのに、なぜだか今夜はこれ以上、兄と触れ合っているのが妙に照れくさかった。

自らが放つという甘い香りを指摘されたからなのか、薄いネグリジェを通して兄の温もりが直接伝わってくるからなのか――それとも暗闇の中でくちづけられているからなのか自分でもよくわからなかったが、兄妹の一線を越え過ぎているように感じてしまったのだ。

「リュシー……？」

「も、もう慰めてくれなくても大丈夫よ。今度こそ眠るからお兄様もお部屋に戻って」

平静を装って兄の胸を押し、これ以上のスキンシップから逃れようと兄の膝から下りようとしたが、その瞬間、息が止まるほど強く抱きしめられた。

「……お兄様？」

「眠れないのはオレのほうかもしれない」

「え……？」

呟きに顔を上げると、自嘲《じちょう》的な笑みを浮かべた兄が抱きついてきた。

「慰めてくれるね、オレのリュシー……」

「お兄様……」

首筋に顔を埋める兄に、リュシエンヌは戸惑いの声をあげながらも、広い背中に腕をおずおずと回した。しっかりしているように見えたが、兄もまた両親が不意に亡くなって心細かったのだ。そう思ったら退室を無下に求める事も憚《はばか》られて、兄が落ち着くまで抱きしめていようと背中をそっと慰撫していると、兄はまたリュシエンヌの頬や口唇にくちづけてきたのだが――。

「んっ……」

もう何度目になるかわからない口唇へのキスを素直に受け容れているうちに、キスの間隔が長くなってきた。しかもそっと触れて離れていくだけならまだしも、兄はリュシエンヌの口唇を吸い、舌でそっと舐めてくるようになった。

「ん……んっ……」

それはまるで恋人同士のキスのようでもあり、驚いたリュシエンヌは身じろいで兄の口唇を振り解き、止めていた呼吸を何度も繰り返した。

「お兄様……酔っているの？　兄妹でこんなキスをするのはいけない事だわ……」

兄達が夕食時に相当量のワインを飲んでいた事を思い出し、誰か他の女性と混同しているのではないかと慌てて制止を求めたが、兄はなにも言わずにまたくちづけを求めてくる。

「ん、んっ……ふ……っ……」

後頭部に回された大きな手から逃れる事が出来ずにキスを受け容れてしまい、リュシエンヌは兄の腕の中で身を強ばらせた。

口唇をしっとりと合わせられては吸われ、熱い舌でそっと舐められるとくすぐったくて、顔を振って兄の口唇から逃れようとするが兄の力には及ばない。抵抗しても徒労に終わり、体力を奪われて身体に力が入らなくなってきた。

しかも長く続く情熱的なくちづけを受けているうちに息が続かなくなり、新鮮な酸素を求めて口唇を開いた瞬間、まるでそれを待っていたかのように、兄の舌が口腔へと潜り込んできた。

「んぅ……っ……!?」

あまりにも驚きすぎて身体をびくり、と強ばらせているうちに、兄はリュシエンヌの舌を搦《から》め捕り強く吸ってくる。

「ん、んっ……ふ……ぁっ……」

思いの丈を伝えるよう舌を吸われてざらりと舐められる事に戸惑いを感じるのに、絡め合わされる度、背筋に甘い痺《しび》れが走りゾクゾクする。まさに恋人達のキスを兄としているのだと思えば嫌悪を感じなければいけないのだが、リュシエンヌの初心《うぶ》な身体は兄の巧みなキスに翻弄され、快美な感覚を拾ってしまう。

こんなキスを続けるのはいけない事だとわかっているのに、心地好いと感じてしまう自分が信じられない。兄はワインに酔って他の女性と間違えている筈。なのに自分ときたら兄の情熱的なキスに感じてしまっている。なんて浅ましく罪深い身体なのだろう。

「んふ……っ……ん……」

キスの合間に洩《も》れる甘ったるい自分の声にも嫌気が差して、涙が頬を伝う。舌を吸われる度に身体から力がどんどん抜けてきて、抵抗らしい抵抗も出来ない自分がいやだ。

しかし兄のいいようにくちづけられ、口腔をざらりと舐められては吸われ、身体はその度にぴくん、ぴくん、と反応してしまうのだ。

両親の葬儀が終わった夜に、なんて――なんて不謹慎な事。

酔っている兄のくちづけに感じるような淫らな身体だったなんて、そんな事、知りたくもなかった。

あまりにもショックだったのと罪悪感や混乱、そして息すら奪うほどの熱烈なキスに身体は熱くなってきたが、四肢からは血の気がスッと引き、意識が次第に朦朧《もうろう》としてきた。

（あぁ、堕ちていく、堕ちていく……）

堕ちていく先は、きっと両親が旅立った天国とは真逆の地の底。

兄とのくちづけに感じてしまった罪で、天国の扉を叩く事は出来ないに違いない。きっと真っ暗な闇の中で罪の十字架を背負い、いくら贖《あがな》っても許されない地獄へ堕ちるのだ。

しかしそれも仕方のない事。兄に感じてしまった罪はそれほどまでに重いのだから。

浅ましい身体をした自分に似合いの場所へ堕ちていくのだと思えば、なにやら自虐的な気分になり、リュシエンヌはふと微笑んだ。

「……リュシー？」

兄が声をかけてきた気がしたが、縋っていた筈の手が滑り落ちると同時に、リュシエンヌは混沌《こんとん》とした闇の中へと意識を手放したのだった――。

第二章　暗黙の罪悪

庭に咲く小薔薇《こばら》を剪定《せんてい》しながらリュシエンヌはふとため息をつき、そんな自分に気づいて、またため息をつく。

近頃ではため息をつくのがすっかり癖《くせ》になってしまった。周囲の人々は、両親を亡くしたせいで気落ちしているのだと思い込んでいるようだが、ため息が洩《も》れてしまうのは、兄と恋人のようなくちづけをしてしまってからだ。

あの翌日、目覚めてみればリュシエンヌはベッドにきちんと横になっていて、とんでもない悪夢を見てしまったのかと錯覚した。しかし目が覚めるにつれあれが悪夢ではなく、兄と実際にくちづけた事が如実に思い出されてきて、自分の罪深さに息が止まるほどのショックを受け、暫《しば》しベッドから起き上がる事も出来なかった。

あまりに落ち込み過ぎて、いつもの時間にキッチンへ立つ事も出来ず、ベッドに横たわったままでいると、なかなか起き出してこないリュシエンヌを心配したのだろう。兄達が部屋へ訪ねて来たのだが――。

シリクもエリクもまったくいつもどおりの優しい笑顔を浮かべていて、ワインを飲ませ過ぎた事を詫びてくれ、ゆっくり休むようにとおでこにキスをして去って行ったのだった。

おでこにキスをされた時はおののいてしまったが、どちらの兄も普段と変わらず、けっきょくどちらの兄と罪を犯してしまったのかわからなかった。

そして翌日も、数日経っても兄達はいつもどおりで、むしろ頬にキスされる度にドキドキして赤面するリュシエンヌを不思議がっていた。

（だめよ。早く忘れなきゃ……）

そもそもにして、あの夜に訪れた兄はワインをしこたま飲んで酔っていた事もあり、兄自身、リュシエンヌにキスをした事など記憶にないのかもしれない――と、結論づけて、それからはリュシエンヌもあの夜の出来事は忘れるよう努力をしているのだが、リュシエンヌにとっては強烈過ぎたキスを忘れる事が出来なかった。

（お兄様があんなキスをするなんて……）

無意識にのうちに口唇へ指を添えて、ぼんやりと思う。初心《うぶ》なリュシエンヌでは逃げようもなく、とても手慣れていて、情熱的なキスだった。

それこそ身体の芯《しん》が甘く疼《うず》いて、舌を吸われ、口腔を舐められる度に身体が意図せず反応してしまうほどで。

どちらの兄かわからないが、あんなキスを他の女性と何度も経験しなければ、会得《えとく》出来ないと思うのだ。きっとパリの大学へ行っている時に、たくさんの女性と――。

「痛っ……」

小薔薇の棘《とげ》が人差し指に刺さり、あらぬ妄想をしていた自分にハッと気づいて、リュシエンヌは傷ついた指先を口に含んだ。しかし指先を舐めるだけでまた兄とのキスを思い出し、そんな自分に嫌気が差して、早々に立ち上がった時だった。庭の柵《さく》の向こうへ視線を何気なく巡らせてみると、ジョエルがこちらに向かって歩いてくるのが見えた。

麦わら帽子の大きなつばを僅《わず》かに持ち上げて凝視《みつ》めていると、リュシエンヌの視線に気づいたジョエルが手を大きく振って近づいてくる。

「やぁ、リュシー。少しは元気が出たかな？」

「こんにちは、ジョエ……オーベルさん。なにか足りない物がありまして？」

柵に寄りかかったジョエルに近づき無理に笑ってみせたが、眉を顰《しか》められてしまった。不埒《ふらち》な考えを見透かされた気がして視線を逸らすように長い睫毛《まつげ》を伏せると、これ見よがしなため息をつかれた。

「オーベルさん、なんて他人行儀な。今までどおりジョエルと呼んでくれないのかい？」

「……もう子供じゃないんだから、馴れ馴れしく呼ぶのはやめなさいって……」

あの夜から数日経って、忙しい兄達に代わり、ジョエルの世話をしたいと申し出てみた時、兄達に『年頃の娘が独り身の男の所へ通うのは良くない噂しか立たない』と言われ、アトリエまで会いに行く事を禁じられてしまい、そのついでにファーストネームを呼ぶ事まで窘《たしな》められてしまったのだ。

「う～ん、お兄様方のご進言か。確かにリュシーもそろそろマドモアゼルって呼ぶ年頃になったしね。オレもリュシーじゃなく、リュシエンヌ様って呼ばないと不味《まず》いかな……」

「そんな……！　どうか今までどおりリュシーと呼んでください」

十二歳も年上で、慣れ親しんだジョエルにリュシエンヌ様だなんて呼ばれたら、それこそもっと接点がなくなってしまいそうで、慌《あわ》てて見上げた。すると後頭部を掻《か》いていたジョエルはリュシエンヌの目を凝視め、まるで少年のように快活《かいかつ》に笑った。

「ようやく目が合った。うん、俯《うつむ》いているより上を向いているほうがリュシーはずっと綺麗だ。ご両親の事は残念だけど、いつまでも引きずっていてはいけないよ。ごらん、この美しいゴルド村の景色を。見慣れた景色だろうけど、この景色や過ぎていく時が心をゆっくりと癒《いや》してくれるから大丈夫」

優しく頷《うなず》くジョエルに言われてみて、久しぶりに空を見上げた気がした。

どこまでも続く蒼い空と、なだらかな丘を青紫《あおむらさき》色に染めるラベンダー畑や、緑の美しさに改めて気づかされて、リュシエンヌは心から微笑んだ。

「パリの人にプロヴァンスの美しさを自慢されるとは思わなかったわ」

「おっと！　変だったかな……けど、リュシーが笑ってくれるなら、それでいいか」

ジョエルの笑顔を見ているだけで、心が不思議と晴れていくような気分になれた。

夢を売る仕事をしているからだろうか。年の差を感じさせない若々しくも爽《さわ》やかな笑顔につられて笑みが深くなってしまう。

「ついでにもうひとつ。リュシーには黒衣より白が似合うよ。そろそろ白いワンピース姿を見せてもらいたいな」

「考えておくわ。あ、私もひとつだけいいかしら？」

目で優しく頷かれたのに勇気をもらい、リュシエンヌは膝を軽く折った。

「葬儀の時はたくさん泣いてしまってごめんなさい。シャツを白粉《おしろい》で汚してないといいのだけれど……」

「気にする事はない。よく我慢していたね、お兄様方を心配させたくなかったんだろう？わかってるから大丈夫」

ようやく謝る事が出来てホッとした。それに気持ちを汲《く》んでくれる寛大さに、若く見えてもさすがは大人の男性だと思った。ジョエルの前だと不思議と気兼ねなく話せるのは、きっと大人の余裕を感じるからなのかもしれない。

「ところでなにかご用があったのではなくて？」

「あぁ、そうだった。村の人に男爵がお呼びになってると言われたんだが、ちょうど絵を描いているところで、どちらのお兄様だか訊き忘れてね。うっかり間違うと機嫌を損ねる方達だから、リュシーを頼るしかなくて」

まいったという様子で頭を掻くジョエルに、リュシエンヌは苦笑するしかない。

リュシエンヌでしか見分けられないというのに、兄達はお互いを間違われると、とても機嫌が悪くなるのだ。

「家督《かとく》を継いだのはシリクお兄様よ。シリクお兄様なら、きっとシャトーにいるわ。エリクお兄様はサロンに招待されて出かけているから間違える事もないわ」

兄達は特に揉《も》める事もなく、父が長兄としたシリクが家督を継ぎ、シリクより若干社交的なエリクが細々とした補佐をする事に自然と決まったようだった。

「助かった。ありがとう、リュシー。楽しかったよ。それじゃ、また話でもしよう」

「こちらこそどうもありがとう。とても楽しかったわ、また会えましたら」

笑顔で見送り、しばらくはジョエルの背中を凝視めていたが、気持ちを切り替えるようにふと息をつき空を見上げた。

ほんの数分、ジョエルと話しただけで、鬱々《うつうつ》とした気分はどこかへ消えて、本来の自分を取り戻せた気がする。この調子で兄との過《あやま》ちも忘れる事が出来そうで、リュシエンヌは花籠いっぱいに摘んだ小薔薇を片手に、軽い足取りで屋敷へと戻っていった。

† † †

「ずいぶんと楽しそうだね」

「え……？」

エリクに指摘されて、ワイングラスを傾けようとしていたリュシエンヌは兄を凝視めた。

夕食が終わり、リビングでワインを嗜《たしな》みながら、兄妹揃っての団欒《だんらん》の時だった。

些《いささ》か酔っ払っている自覚はあったが、いつもと変わりなく接していたつもりだったのに、そんなに楽しげに映っていただろうか？

「私、酔っ払うと陽気になるのかしら？」

小首を傾げて微笑むと、右隣に座っているシリクがリュシエンヌの熱く熟《う》れた頬にそっと触れてくる。

「飲んで陽気になるのはいい事だけど……今日は特別、楽しい事があったみたいだ」

「オレたちが留守の間になにかあった？」

二人の兄に凝視められて、リュシエンヌは酔いに潤《うる》んだ瞳を彷徨《さまよ》わせた。なにか特別に楽しい事があったかと訊かれても、いつもどおり両親の喪《も》に服し、穏やかな日常を過ごしていただけだったので、特に変わった事などなにひとつ思いつかずにいたのだが――。

「黒衣でいるのはもうやめたの？」

「なにか心境の変化があったようだね」

「ぁ……」

胸元に結んでいる赤いリボンをシリクに玩《もてあそ》ばれて、リュシエンヌはその時になってジョエルとの楽しいひとときを思い出し、ふんわりと微笑む。

「今日、ジョエルさんが訪ねてきて、ほんの少しお話をしたの。その時に黒衣より普段着のほうが似合うって言われて、気持ちを切り替えようと思って」

あのあと、心がとても晴れやかになって、黒衣から普段着に着替えてみたら、いつもの自分に戻れた気分になり、とても楽しく夕食の支度が出来て、兄達を明るく出迎えられたのだった。

「ふぅん、オーベルさんに言われて、ね」

「オーベルさんとなにを話したのか興味があるな」

「ただの世間話よ。それとシリクお兄様の居場所を捜していらしたから、教えただけ」

それ以外、特に変わった事はしていないし、なんの気なしに言いながらワイングラスを空けると、またワインをなみなみと注いでくれた。しかし、二人の兄はどこか虫の居所が悪いような顔をしている。普通の人ならば気づかない程度だが、二人をよく知るリュシエンヌは、その微妙な空気を敏感に読み取る事が出来た。

「……シリクお兄様、エリクお兄様？」

なにか気に障る事を言ってしまったかと二人の兄を不思議そうに凝視めると、兄達は少し渋い顔をしてリュシエンヌを凝視めた。

「オーベルさんとはあまり関わってはいけないよ」

「絵を描く邪魔をしてはいけないからね」

「わ、わかっているわ。今日はたまたまシリクお兄様の居場所がわからないようだったから教えただけで、本当に少ししかお話ししていないし、絵の制作の邪魔をしてないわ」

ワイングラスを玩びながら、弱々しい反論をするリュシエンヌを見て、それまでどこか不機嫌そうだった兄達は優しく微笑んでくれた。

「わかっているならいいんだ」

「これであまり親しく呼ばずに、オーベルさんと呼べればリュシーも立派なマドモアゼルなんだけどね」

「……気をつけるわ」

ジョエルは気軽に呼ぶようにと言ってくれたが、兄達はジョエルと親しくするのは良しとしてないのがわかり、それまでの楽しい気分はどこかへ行ってしまった。

男爵家の娘らしく、マドモアゼルとならなければいけないのはわかっているが、兄のように慕っているジョエルと今さら余所余所《よそよそ》しく接するほうが、なんだか不自然な気分になった。しかし大好きな兄達にまた注意されてしまい、仕方なしに頷いた。

それでもジョエルに他人行儀な態度を取ったらまた嘆《なげ》かれてしまうし、ジョエルと二人きりの時だけこっそり呼ぼうと思った。ただ、兄達の手前、ジョエルとそれほど頻繁《ひんぱん》に会う事はないだろうが。

「さぁ、夜も更けてきたし、これを飲んだらそろそろ寝よう」

「たくさん注いでしまったけれど、飲めるかい？」

「ええ、大丈夫よ。とても美味《おい》しいもの」

自家のシャトーで製造されたロゼワインは香りも芳醇《ほうじゅん》で飲みくちも軽く、ほんのり甘くてとても美味しいのだ。ロゼ特有のピンクも美しく、ともすれば一気に飲み干してしまいそうになるが、ゆっくりと味わいながら飲んでいると——。

「リュシー？　酔っ払ったのかい？」

「ん……酔ってないわ。ただちょっと眠いだけ……」

正面に座るエリクに訊かれて首を横に振ってみたが、なぜだか急に強い眠気がおそってきて、リュシエンヌはワイングラスを取り落としそうになった。しかしすんでで持ち直し、ワインをすべて飲み干した。そしてリビングテーブルにワイングラスを置こうとしたのだが、強い眠気がさらに増し、リビングテーブルに手を伸ばす事すら出来ず、ワイングラスがソファへ落ち、それと同時にリュシーの目蓋《まぶた》も閉じられた。

「リュシー、リュシー?」

どちらの兄に呼びかけられて、肩をそっと揺すられているのかすらわからない。それでも懸命に応えようとしたのだが、重くなった目蓋をどうしても開く事が出来なかった。

「盛ったのか?」

「あぁ、ほんの少しね」

「あまり無茶するなよ」

「ん……、……?」

兄達の声は鮮明に聞こえるのに、なにを話し合っているのかわからないでいるうちに、すっかり力の抜けた身体をそっと持ち上げられた。

そして頬にチュッとキスを受け、髪を撫でられる。それがくすぐったくて身じろいだが、実際には指先をぴくり、と動かせただけだった。

「ん……」

「あぁ、わかっているよ。早くベッドに行こう」

そうこうしているうちにどちらかの兄がリュシエンヌを抱いたまま階段を上がり始めた。

酔っ払って眠ってしまいそうな自分を部屋へ連れて行ってくれるのがわかり、兄に甘えたままベッドへ寝かせてもらい、お礼もする間もなく眠りに就こうとしたのだが、兄はリュシエンヌの靴を脱がせてくれると、そのまま覆い被さってくる。

「……お兄様……？」

顔を囲うように回された腕の気配と兄の息遣いを感じ、間近に迫る兄を訝《いぶか》しんで重くなった目蓋を必死に開こうとした時だった。ワインを飲んで熱くなった頬をそっと撫《な》でられて、また頬にキスを受けた。眠る自分におやすみのキスをしてくれたのかとも思ったが、だったらなぜ覆い被さっているのだろうか？

そして何度も何度もキスをしてくるのはどうしてなのか――と、そこまで考え、先日のキスを思い出し、息をハッと凝《こ》らして身を硬くした。

もしや兄は先日と同じ過ちを繰り返そうとしているのだろうか？

だとしたらなんとしてでも阻止しなければいけない。兄妹であの日のようなキスをするのは禁忌《タブー》なのだから。

「ん……いや……」

動きが鈍くなっていたが、兄のキスから逃れるよう顔を背けようとすると、それを察したらしい兄にクスリと笑われる。

「驚いたな。まだ動けるのか……でも逃がさないよ」

「あ、ん……っ……」

いやな予感に身を竦《すく》ませたが、その時にはもう兄に口唇をしっとりと塞《ふさ》がれていた。

一度触れ合わせたかと思うと、今度はもっと深くリュシエンヌを味わうように口唇を吸われる。先日の事があるからなのか、兄は巧みにリュシエンヌの口腔へと舌を潜り込ませて、おののくリュシエンヌの舌を搦《から》め捕りながら、まるで思いの丈を伝えるよう吸ってくる。しかもそれだけではなかった。まるで恋人同士のようなキスを続けながらも、胸元のリボンを解き、ブラウスのボタンをひとつずつ外し始めたのだ。

「ぁ……ん、ん……ぃや……」

ボタンをひとつずつ外され、その隙間から外気が忍び込んでくる。このままネグリジェに着替えさせてくれるだけだと思いたかったが、ブラウスのボタンをすべて外してしまうと、兄は感嘆《かんたん》のため息を洩らし、暗闇の中でも発光しているように白く柔らかなリュシエンヌの身体のラインをそっと撫で下ろしては、また撫で上げていく。

「ん、んや……お兄様、もうやめて……」

甘いキスにともすれば流されてしまいそうになりながらも、リュシエンヌはキスを振り解《ほど》いて懇願《こんがん》した。これから先、なにが起きるか想像しただけで身体に震えが走る。兄の前にみっともなく肌を曝《さら》している事が、こんなにも心許ない気分になるとは思わなかった。

僅かに身じろいで兄の腕から逃れようとしたが、その拍子に兄の手が左の乳房を摑んだ。身体を横にずらした結果の偶然によるものだとしても、兄に乳房を摑まれていると思うだけで顔が一気に熱くなってしまった。

「お、お兄様……手をどけて……」

「こちらの手を？」

乳房をそっと摑まれて、爪の先が静かに眠っていた乳首を擦り上げる。

「あっ……」

その瞬間にはしたない声が洩れてしまい、口唇を慌てて引き結んだが、髪に顔を埋めた兄にクスクス笑われた。

「なんて敏感なんだ……これが気持ちいい？」

これ、と言いながら慎ましやかに主張する乳首を指先で何度も何度も擦り上げられて、たまらずにリュシエンヌは身体を縮め、兄の広い胸に身体を押しつける。

「いや……いや。お兄様、悪戯《いたずら》はやめて……」

「あぁ、リュシー……感じているんだね。ほんの少し触れただけでそんなにいやがるなんて、両方弄《いじ》ったらどうなってしまうんだい？」

「あ、あぁっ……」

ウエストを摑んでいた手にも右の乳房を摑まれてしまい、両方の乳首を摘まれ、まるで円を描くように乳首をまあるく撫でられる。しかも乳房を揉まれ、尖《とが》りきった乳首をいいように弄られているうちに、最初はくすぐったいだけだった筈《はず》なのに、どんどん気持ちよくなってきてしまった。

「あっん……ん、ふ……あ、あぁっ、だめぇ……お兄様、これ以上は……ん、冗談では済まなくなるわ……」

「オレは本気だよ。可愛いリュシー……ゆっくり眠れるよう極上の快楽をあげるよ」

「あぁ、そんなぁ……あ、だめ……」

だめだと言ったのに、兄は本気らしい。リュシエンヌの張りのある双《ふた》つの乳房を下から掬《すく》い上げては揉みしだき、すっかり尖ってしまった乳首を指でつま弾く。

「ぁあん、お兄様……いけないわ、兄妹でこんな事……んっ、神様がお許しにならないわ」

「オレが信じるのはリュシーだけだと言った筈だよ。なんて吸いつくような肌なんだ……さぁ、もっとリュシーを愛させてくれ」

「あ……」

慌てて逃げようとしたが、それよりも速く兄の腕が行く手を阻むようにリュシエンヌをベッドに縫い付ける。

「どこへも逃がさないよ。なにも怯《おび》える事はない、リュシーはただ感じていればいい」

「んぅっ……っ…」

兄はまたくちづけながらも乳房を揉みしだき、リュシエンヌから官能を引き出そうと乳首を摘まんでは爪の先で擦り上げるのだ。

「んぅっ……っ…あ、ん……ふ……」

舌を吸われながら乳首を摘ままれる度に、身体がぴくん、と仰《の》け反《ぞ》ってしまう。甘ったるい声まで洩れてしまって、それがとても恥ずかしい。

「ぁあ……ん、んや……や、ぃや……」

兄がしているとわかっている筈なのに、快感を拾い上げる自分の身体が信じられず、首を振って口唇を振り解いても、頬や涙の滲《にじ》んだ目尻にくちづけられて、兄の吐息をすぐ近くに感じる。

「……どうして……」

思わず疑問が口を衝《つ》いて出た。いったいどうしてこんな事になったというのだろう？

ほんの数十分前までは確かにどこにでもいる仲の良い兄妹だったのに、どうして兄は神様に背いてまで、自分の身体に興味を示したというのか？

「兄妹でどうしてこんな事……いけない事だわ……」

「……リュシーが禁忌だと思っていても構わない。父様と母様が健在だったなら、ひた隠しにしていたけれど、父様と母様が亡くなった今、リュシーを一人の女性として愛している気持ちを隠すつもりはないよ」

「……っ……!?」

驚きすぎて凝視め続けるリュシエンヌに気づいたのだろう。シルエットでしかわからない兄は自嘲的な笑みを零《こぼ》した。

「覚えてないか？　父様と母様の墓前で、もう今までどおりにはいかないと言った事を。

もう今までの仲のいい兄妹という形だけではいられないという意味だったんだよ」

「そんな……」

　まさか両親の墓前でそんな決意を込めていただなんて、思いもよらなかった。しかしだからといって兄の想いを受け容れる訳にはいかない。肩を押して距離を取り、全身で拒絶しようとしたが、それを察した兄に再びベッドに縫い付けられてしまった。

「お兄様っ……だめ、だめよ……お願い、思い直して……」

「今さらだよ、リュシー。すべてを打ち明けた今、もうオレを止める事は出来ないよ」

「あぁ、お兄様ぁ……だ、だめぇ……！」

　すっかり開き直った口調に、貞操《ていそう》の危機を感じ取った。せめてもの抵抗に肩を捩《よじ》ってみたが、縫い付けられた身体は僅かに揺れただけで、びくともしない。

「お兄様っ……！」

　一番信頼していた兄に怯える日が来るとは思わなかった。あの日のキスを忘れるよう努力していたというのに、あの時よりも前から兄が自分を愛していただなんて――。

　男性の欲望を露《あら》わにした兄は、暗闇で見分けられない事も手伝い、まるで見知らぬ男性のようにも感じてしまう。

　しかし、どちらが？　いったいどちらの兄がこんな事を強いてくるのだろう？

「あぁ、どちらのお兄様……？　んっ……お願い、もうやめて……」

「どちらか当てたらやめてあげてもいいけど、この暗闇でわかるかい？」

「……っ……」

声だけではわからない事を知っていて、笑う兄のシルエットを凝視めて、リュシエンヌは口唇を噛んだ。もしも当てたとしても、それはそれでショックだが、今こんな事をしている兄は、どちらだかわからない事を利用しているのだ。

そう思ったら兄の本気が伝わってくるようで、余計に恐ろしくなってしまったが——。

「そんなに怯えて震える事はないよ。ただリュシーを愛したいだけなんだ」

「いやっ！　こんなお兄様は嫌いよっ……妹を愛するなんておかしいわっ！」

「おかしくても構わない。嫌われてもいい。リュシーをこの手で愛せるならば」

「……いやぁ！」

なにを言っても一度箍《たが》が外れた兄にはなにも通用しない事に、大きな絶望を感じた。このまま貞操を奪われてしまうのかと思うだけで、誰よりも親しんでいた兄が恐ろしくて涙が溢《あふ》れてこめかみに伝う。

「泣いても放さないよ。さぁ、リュシー、おしゃべりはこれでお終《しま》いだ。無垢《むく》な身体をオレ色に染め上げてあげるよ」

「……っ……」

涙を舐め取られて頬に柔らかなキスを受け、身体を優しく撫でられても、リュシエンヌはしゃくり上げる事しか出来なかった。自分の身にこれからどんな罪を植え付けられるのか想像もつかないが、教会へ通えぬ穢《けが》れた身体にされるのかと思うと、覆い被さる兄が恐ろしくてたまらない。

　しかし兄はリュシエンヌがどれほど泣いても本当に気にもならないようで、頬へくちづけていた口唇で細い首筋にもキスをして、震える乳房に顔を埋める。そして身体のラインを撫でていた手に乳房を掬い上げられたかと思うと、胸の頂《いただき》にもキスをされる。

「んっ……っ……」

　指で触れられるよりもソフトなキスに、洩れそうになる声を噛んで堪えていたが、乳暈《にゅううん》ごと吸いつかれ、リュシエンヌはぴくん、と反応して胸を仰け反らせた。それが結果的に兄へと差し出すような形になるとは知らずにいるうちに、尖りきった乳首をザラリとした舌で舐められながら、もう片方の乳首も官能を引き出すように弄られる。

「ん……んんっ……」

　リュシエンヌしか知らない淡色の乳首を、薄い口唇がゆっくりと引っぱっては、チュッと淫らな音をたてて離れ、尖った舌に先端をくすぐられる。そしてまた乳暈ごと口に含まれては、同じ遊戯《ゆうぎ》を繰り返される。もう片方の乳房も円を描くように揉みしだかれては、乳首を指先でいいように弄られて、初めて受ける性的な愛撫《あいぶ》に、リュシエンヌはそのひとつひとつに反応してしまう。

「ぁふ……っ……っっ…」

兄にされていると思えば嫌悪を感じなければいけないのに、鳥肌ひとつ立たずに心地好く感じている自分が信じられない。吸われる度に胸が反り、速く擦られればぴくん、ぴくん、と身体が震えて火照る。

それでも声だけは洩らさぬよう口唇を引き結んでいるが、胸の頂を熱心に愛撫されているうちに、どういう訳か下肢のあらぬ場所がひくりと疼き始めて、なんだか潤んできた。

あまりのショックで月のものが来たのかとも思ったが、先日終わったばかりだ。僅かに失禁してしまったという感じでもなく、兄に胸を愛撫されると甘くせつない感覚が湧き上がり、どんどん潤んでくるのだ。

「んぅ……っ…」

自らの身体の異変に戸惑い、泣きながら脚をもぞりと摺《す》り合わせ、これ以上の醜態を曝さぬよう胸を喘《あえ》がせているうちに、乳房を弄んでいた兄の右手が身体のラインを撫で下ろし、膝頭を撫でては、乱れたスカートの裾の中へと潜り込んできた。

「ぁ……いやぁっ！」

誰にも触れさせた事のない脚の柔らかな部分を撫で上げられて、リュシエンヌはおののきながら身体を強ばらせたが、徒労に終わった。兄の手は僅かに汗ばむ脚の内側へと難なく潜り込み、リュシエンヌが最も触れられたくなかった秘所へと辿り着き、指先を折り曲げては、リュシエンヌでさえ必要最低限にしか触れない秘裂の中を探る。

「あぁっ……」

秘所に触れられた瞬間、リュシエンヌの中でなにかが壊れて砕け散った——気がした。越えてはならない一線をあっさりと越えてしまった罪悪感と背徳感に覆われて、抵抗する気力さえ失う。


血の繋がった兄と姦淫《かんいん》に溺《おぼ》れる……——。


なんて罪深き事。もうこれで両親がいる天国へは辿り着けない身になってしまうのだ。

そう思うだけで零れそうに大きな瞳からは涙が止めどなく溢れるのに、心は千々《ちぢ》に乱れ、木偶《でく》のように動けなくなってしまった。

しかし兄はリュシエンヌの心が伴わなくても、まったく気にしていなかった。秘所の潤みを確かめるように指を動かしたかと思うと、リュシエンヌの脚を大きく割って、胸に埋めていた顔を上げる。

「なんて敏感な身体なんだ……愛撫に反応して、こんなにたくさん濡れて嬉しいよ」

「……濡れ、る……？」

「そう、とても感じると溢れてくる淫《みだ》らな蜜《みつ》だよ。ここにオレを受け容れる為にリュシーの身体が準備している証拠だ」

「ぁっ……ぁ……」

蜜口を指先で撫でられ、くすぐったいような甘くせつないような感覚に腰が揺れると、兄はくちゅりと音をたてて、陰唇《いんしん》をそっと上下に撫でる。

「ん、ふ……っ……」

自分の身体が兄を受け容れる為に準備をしているだなんて、それではリュシエンヌの身体は兄に応えているという事なのだろうか？

だとしたら、なんて罪深き身体なのだろう。実の兄にも感じてしまえる浅ましい身体だったなんて、これでは淫らな事をしてくる兄だけを責められない。現に兄が秘所を弄んでいるというのに、堪えきれない甘ったるい声が洩れてしまっている。なんて——なんて恥知らずな身体なのだろう。

「ぁ……あ、あぁっ！　だめぇ……お兄様、そこを撫でないで……」

兄の指が秘所の上側にある尖った部分を撫でると、まるで失禁感にも似た甘い疼きが湧き上がってきて、どうにかなってしまいそうだった。撫でられる度に腰がぴくん、ぴくん、と跳ねて、先ほど撫でられた蜜口がせつなく収縮してしまう。

「気持ちいいんだね。ここはリュシーの中で一番敏感な場所だよ。よく覚えておいで」

「い、やぁ……だめ、だめぇ……もう弄ったらいやなの……」

「達《い》ってしまいそうなんだね。構わずに達ってごらん」

「ぁんん……ん……達く……？」

秘玉を弄られる度に胸を大きく喘がせ、びくびくっと反応しながら問いかけてみたが、兄は頬に宥《なだ》めるようなキスをして指淫を続ける。

「言葉で説明するより体験するといい」

「ぅんっ……んっ、あ……あぁ……」

蜜口をそっと撫でられたかと思うと、揃えた指がゆっくりと体内へ埋められていく。

とても苦しくてツン、としたせつなさを感じたが、兄の長い指が隘路《あいろ》へすっかり埋まり、また秘玉を撫でられた瞬間、苦しくてたまらなかった兄の指を締めつけてしまった。

「ぁ……」

その時の蕩《とろ》けるような心地好さにまた罪を感じたが、それを嘆いている暇《ひま》はなかった。

愛蜜をまとった指で秘玉を撫で擦られ、強烈な快感にすべてが霧散した。

「ぁあ……お兄様……いや、いや……」

「いやじゃないだろう……リュシーの中がいいって言っているよ……あぁ、こんなに締めつけて……」

「あぁあ……あン！　あっ、あぁっ……だめぇ……だ、めぇ……！」

すっかり芯が通った秘玉をぬめった指で弄られる度に、どうしても堪えきれない声があがる。隘路を埋め尽くしている兄の指を何度も何度も締めつけてしまい、その度に快感が強くなっていくようで、リュシエンヌは長い髪を振り乱しながら身体を強ばらせてシーツに縋《すが》った。

そうでもしていないと、どこかへ吹き飛ばされてしまいそうな嵐のような快楽が身体の中で巻き起こり、自分がどうなってしまうのか想像もつかなかった。しかし確実になにかへ向かっているようで、我慢しようと思っても我慢しきれない快感で身体の中がいっぱいになり、つま先がくぅっと丸まる。

「やあぁ……なに？　いやっ……あぁ、もうだめ……だめぇ……！」

「我慢する事はない。そのまま淫らに達ってごらん……」

「あぁぁ……っ……やっ、あ……あ、ああぁぁあぁん……！」

堪えきれない、と思った瞬間、不意に身体が浮き上がるような強い快感が全身を支配して、腰が意図せずびくん、びくん、と跳ねた。その間中、息を凝らし、体内にある兄の指を締めつけ続け、そこからも甘い感覚を拾い上げた。

「ぁ……は……っ……はぁ……」

強い刺激が去っていくのと同時に身体は弛緩《しかん》するのに、鼓動は速まり、まるで全力疾走《しっそう》したあとのように双つの胸が上下する。

「わかったかい？　これが達くという感覚だよ。女性にとってはとても素晴らしい体験だと聞くが、リュシーも好《よ》かったみたいだね」

顔中にキスを受けながら教えられたが、まだ現実に戻れない。それほどリュシエンヌにとっては強烈な体験であり、男女の秘め事がこんなに烈《はげ》しいものだと初めて知った。

しかもそれを教えてくれたのが実の兄だと思えば、蕩けるような快感の余韻《よいん》は急激に冷め、怒《ど》濤《とう》のような罪悪感に見舞われた。

「……わ……」

「なんだい？」

「……兄妹でこんな事をしてしまって、もう神様がお許しにならないわ……」

「それでも構わないと言った筈だよ」

優しく、でもきっぱりと言い切られて、無意識のうちに涙がこめかみを伝う。

どうしてそこまでして兄は妹である自分を求めるのだろう？

「愛しいリュシー。共に堕ちてくれるね」

口唇へそっとくちづけられても、もう抵抗する気力さえ失った。

今さら抵抗したとしても、もう兄妹で禁忌《タブー》を犯してしまったのだ。天国への扉は二度と開かれない。それが悲しいのか、信頼してきた兄が豹変《ひょうへん》した事が悲しいのか——今のリュシエンヌにはショックがあまりにも大きすぎて、深く考える事が出来なかった。

† † †

酷《ひど》い悪夢から目覚めてみれば、部屋はいつもと変わりなく、カーテンの隙間から清々しい朝日が射し込んでいた。庭の木に留まる小鳥の囀《さえず》りも穏やかな気分にさせてくれるが、眠気が去っていくのに合わせて昨夜の出来事が鮮明に思い出されてきて、リュシエンヌはベッドから飛び起きた。

「私……」

いつの間にかネグリジェに着替えている自分にも気づき、改めて兄と禁忌を犯してしまった事実に打ちのめされる。

一人の女性として愛していると言われた。

そして兄はその言葉のとおり、妹である自分をまるで恋人のように扱ったのだ。

それを思い出すだけで顔からは血の気が引き、リュシエンヌは自らの身体を抱きしめた。

もう神様へ顔向け出来ないあるまじき行為をしてしまった。本意ではなかったが、感じてしまった自分も兄と同罪だ。

(けれど……)

いったいどちらの兄が、自分を一人の女性として愛していると言ったのだろうか？

禁忌を犯してしまった兄と距離を取りたかったが、あの暗闇の中ではさすがのリュシエンヌも見分けはまったくつかなかった。かといって二人の兄を避けていたら、昨夜の事を知らない兄のほうが訝しむだろう。しかも一方の兄を避けていたら、きっとなにがあったか訊いてくる筈だ。

しかしなにがあったか口にする事など、到底出来ない。

（どうしたらいいの……）

顔を両手で覆い、犯してしまった罪の重さに気持ちがずぶずぶと沈み、解決の糸口が見つけられずにいるうちに、部屋の扉をノックする音が聞こえてリュシエンヌはびくり、と身を竦ませた。

「リュシー、入るよ？」

心の準備が出来ていないうちに扉が開かれ、シリクが顔を覗かせた。

いったいどんな顔をしていいのかわからずに、すぐに目を伏せて固まっているうちに、シリクがベッドに腰掛け、リュシエンヌの髪を撫でた。

「またワインを飲ませすぎたかな、顔色が悪い」

「……シリクお兄様……」

心から心配されているのがわかり、リュシエンヌはおずおずとシリクを凝視めた。

注意深く兄の顔色を窺《うかが》ってみたが、そこにはいつもと変わらぬ優しい兄の姿しか見られず、罪の気配など微塵《みじん》もない。だとしたら、昨夜部屋へ運んでくれたのは、エリクのほうだったのだろうか？

「そんなに穴が空くほど凝視めて……どうかした？」

「……あの、昨日、私を部屋まで運んでくれたのはどちらのお兄様？」

「エリクが運んでいったけど、それがどうしたんだい？」

　あっさりと認められて、予感は確信に変わった。という事はエリクがリュシエンヌを女性として愛していると言い、恋人のように扱ったのだ。

「リュシー？　エリクが運んだのがどうかした？」

「い、いいえ……なんでもないわ。ただ、お礼をしないといけないと思って」

　心にもない嘘をつくのは気が引けたが、取り繕《つくろ》うには一番無難な返事をすると、シリクがクスリと笑う。

「お礼は夜にするといい。エリクはもう出かけているからね」

「わかったわ」

　エリクと直接対面しなくて済む事にホッとして、心がいくらか軽くなったのもあり、平静を保つように笑顔を作った。とはいっても、夜になれば顔を合わせるのだが、それまでになにかしらの心の準備が出来る筈だ。そう自分に言い聞かせるしか今は方法がなかったが、きっとどうにかなる筈。

「それよりどうだ、朝食は食べられそう？」

「ごめんなさい。ワインがまだ残っているみたいだから、オレンジジュースを飲むだけにするわ。シリクお兄様もそろそろお仕事でしょう？　着替えたらすぐに下りていくから、気にせずにお出かけして」

「わかった、それじゃあまり無理をしないようにな。行ってくるよ」

髪にキスをされて素直に受け容れ笑顔を浮かべると、シリクはそれからすぐに出かけて行った。シリクの姿が消えるまで笑顔を浮かべていたリュシエンヌであったが、シリクの気配が完全になくなると同時に笑顔をなくし、重いため息をつく。

（エリクお兄様が私を……）

昨夜言い放たれた言葉を思い出すだけで、いくらでも落ち込めた。

妹としてではなく、恋人のように愛していたと、両親が亡くなった今、もう想いを隠すつもりはないとも言われた。だとしたら、これからエリクは自分に愛を囁《ささや》いてくるというのだろうか？

もしもそうなった時、想いを受け容れられない自分は、エリクに対してどう振る舞えばいいのだろう？

エリクを拒否しようと思えば出来ない事もない。しかし無視をしていたら、シリクがきっと仲を取り持つように事情を訊いてくるだろう。

その時にエリクに愛を囁かれでもしたら、シリクはきっと驚くだろう。その時にシリクが防波堤の役目をして守ってくれるだろうか？

それとも昨夜の秘め事を敏感に察知して、エリクや自分を軽蔑《けいべつ》の眼差しで凝視めてくるだろうか？

（……やっぱりシリクお兄様には言えないわ……）

隠し事などなく仲の良い兄妹であった筈なのに、たった一夜にしてエリクと大きな秘密を共有し、シリクに打ち明けられない二重の秘密を持つ身になってしまった。このような状態で今夜、二人の兄と再会した時にどうすればいいのだろう。

願わくばシリクの前でだけでもいいので、エリクが普段と変わらずに接してくれればいいのだが、不器用な自分がエリクを前にして、罪を上手く隠し通せるとも思えない。

かといっていつまでも部屋に閉じこもっている訳にもいかず、今夜には二人の兄を前にしなければいけないのだ。

（どうか上手くいきますように）

けっきょくどんなに思い悩んでみても、家族である以上、顔を合わせない訳にはいかない。その時に自分がどこまで平静を装えるかに懸《か》かっているのだと言い聞かせ、なにがあってもエリクを意識せずに、普段どおりに振る舞うしかないとリュシエンヌは気持ちを新たにした。

†††

夕食の準備を済ませ、落ち着かない状態で兄達の帰りを待っていると、二人は揃って帰ってきた。心構えはしていたものの、いざエリクを前にしてみれば、心臓がとび出しそうなほどドキドキして、真っ直ぐに凝視めてくるエリクから思わず目を逸らしていると、シリクが頬にキスをしてきた。

「ただいま、リュシー。いい匂いがしてくるけど、先に汗を流してくるよ」

「わ、わかったわ」

頭を撫でて去っていったシリクをなんとかやり過ごし、とうとうエリクと二人きりとなってしまった。しかしリュシエンヌは昨夜の相手がエリクだと気づいていない振りを貫こうとしたのだが――。

「ただいま、リュシー」

「……っ…おかえりなさい」

シリクと同じように頬へくちづけてきたエリクに、身体が本能的に強ばってしまった。それでもまだ知らぬ振りをして、ぎこちならなくないように細心の注意を払ってエリクから離れて背を向けた。

「今日のスープは自信作なのよ。お兄様達の大好きなトマトをたくさん入れて――」

「リュシー」

「あっ……!?」

何気なさを装って離れていった身体を引き寄せられ、気がつけばエリクに後ろから抱きしめられる形となっていた。ここで撥《は》ね除《の》けたら昨夜の相手がエリクであった事を知っているのに気づかれてしまうと瞬時に思い、抱き竦められたままでいると、エリクが耳許でクスリと笑う。

「どうして震えているんだい？」

「震えてなんかいないわ」

「寒いのなら温めてあげるよ――昨夜のように」

「……っ……エリクお兄様っ！」

耳の中へ直接吹き込むように囁かれた途端、リュシエンヌはエリクの腕の中から弾かれたように離れた。警戒しながら凝視めてみれば、エリクは余裕の表情でリュシエンヌを見下ろしている。その表情はいつもの優しい兄の表情ではなく、まるで獲物を捕らえる前の獣のような目つきで、どこか知らない男性《ひと》のようにも見えた。

「どうして逃げるんだい？」

「に、逃げてないわ」

言いつつも身体がジリジリと後ずさる。しかしその分、エリクが間合いを詰めて迫ってきて、両者の距離は縮まらない。

「オレが恐い？」

「ち、違うわ……」

「だったらなぜ逃げるんだい？」

「……っ……」

歌うように軽い口調ではあったものの、問い詰められているのがわかり言葉をなくした。逃げるつもりはなくとも、本能的な恐怖を感じていると知られたら、兄がまた昨夜のように豹変する気がして。

一瞬でも気を抜けばまた捕まってしまいそうな緊張感に、息すら押し殺してエリクと対面していると、先に動いたのはやはりエリクだった。

視線の強さに耐えかねてリュシエンヌが喘いだ隙に、あっという間に間合いを詰めてリュシエンヌを抱き込み、ソファへと座る。

「エリクお兄様っ！　放して、放して……！」

「そんなに暴れなくてもいいだろう。オレのリュシー……」

「いやっ……」

首筋に顔を埋めたエリクに抱きしめられた身体を撫でられて身体が強ばる。しかしエリクはまったく気にしていないようで、首筋に軽くキスをしてから強く吸いつき、リュシエンヌが肩を竦めて震えていても構わずに、口唇を合わせてきた。

「んぅっ……」

熱烈なキスから首を振って逃れようとしても、エリクのキスは巧みで口唇を離す事すら叶わない。そのうちに息苦しくなり、口唇を僅かに開いた瞬間、その時を待っていたかのようにエリクの舌が潜り込んできて、リュシエンヌの舌を搦め捕る。

「ん、んっ……」

ざらりとした舌にすべてを持って行かれるように舐め取られ、思いきり吸われると、どういう仕組みなのか身体から力が抜けてしまう。それでもエリクの胸を押してなんとか逃れようとしているが、リュシエンヌが抵抗すればするほどキスは深くなり、気がつけば身体を押そうとしていた手は、エリクのシャツを握りしめていた。

「くふ……っ…」

しかも口腔を舐められているうちに、どうしても感じる箇所があり、そこを舐められる度に身体がぴくん、ぴくん、と跳ねてしまう。

兄にくちづけられていると思えば、感じてしまうなんてあるまじき事。どうにかしてやり過ごそうと身体を捩ってみたが、その行為で逆に感じている事を悟られたようだった。エリクはリュシエンヌが反応した箇所をくすぐるように舌をひらめかせてくるのだ。

「ん、んんっ……ぁっ……ぁ……」

そこを舐められるとどうしても感じてしまい、兄に縋りついていた手にも力が入らなくなる。それでも抵抗しようと思うのだが、抱き竦められた身体はまるで甘えているかのようにくねるだけで、逃れる事はやはり出来なかった。

「ん、んふ……ぁ……」

兄とこんなキスをするのはいけない事だとわかっているのに、頭の中も霞《かすみ》がかかったようにぼんやりしてきた。そんな中でも禁忌を犯している自覚はあり、涙が目尻を伝う。それでもエリクはまったく気にならないようだった。

巧みなキスでリュシエンヌが抵抗出来なくなると、宥めるように慰撫《いぶ》していた手でリュシエンヌの張り出した乳房を揉みしだき始めた。

「んぅっ……！」

手の中でボールを玩ぶように揉まれているうちに、尖り始めた乳首を探り当てられて指先でクリクリと弄られる。

「ん、んっ……ゃあ……」

ただでさえ敏感な箇所を摘まみ出すように弄られるだけでたまらないのに、指先が上下に動くと綿のブラウスの感触が響いてより感じてしまう。エリクの関心が胸へ逸れた隙に口唇を振り解き、なんとかして逃れようとしたが、力の抜けた身体は言う事を聞かず、エリクに胸をいいようにまさぐられる。

「ぁっ、あん……だめ、エリクお兄様……あ、ん……お願い、もう弄らないで……」

「そんなに甘い声でお願いされても聞けないな。昨日も思ったけど、リュシーは敏感だね。胸を少し弄っただけで、もうこんなに尖らせて……どんな色をしているか今日は見せてくれるね」

「あっ……いや、いやぁ……お願い、外さないで」

首を横に振る事で抵抗したが、兄は構わずに胸元のリボンを解いてしまうと、ブラウスのボタンを外していく。

「あぁ……」

ひとつ、ふたつ、みっつと外され、よっつめを外す前に、ブラウスの中に押し込められていた乳房は、まるで解放される時を待っていたかのように弾み出てしまった。ぷるん、と溢れ出た白い乳房の頂は、エリクによって弄られたせいでいつもの淡桃色《ペールピンク》ではなく、今はツン、と尖りきり薔薇色に染まっていた。その淫らな光景を見た兄はため息ともつかない息をつき、双つの乳房を凝視めている。

「……お願い、見ないで……」

明るい部屋の中で兄に乳房を凝視められている。しかもただ見られているだけでなく、性的な意味で凝視められている——そう思うだけで羞恥《しゅうち》に目眩《めまい》がしそうだった。なのにリュシエンヌの意思とは裏腹に、胸の頂はエリクの視線に反応して、ツン、と主張していた。

「淫らな色に染まっているね。想像どおりに美しくて嬉しいよ、オレのリュシー」

「いやっ……あ、あぁ……エリクお兄様ぁっ！」

乳房を掴まれて指の間から慎ましやかにとび出す薔薇色の乳首をちょこん、とつつかれたかと思うと、エリクはなんの躊躇もなく乳首を口の中へ吸い込み、舌でそっと転がす。

柔らかな舌での愛撫は、想像以上に心地好いが、音をたてて吸われたり歯をそっと立てたりされて、そのひとつひとつに鋭敏に反応してしまう自分にリュシエンヌは戸惑った。

初心な身体をエリクによって拓《ひら》かれているかと思えば、素直に感じてはいけないと思うのに、淫らな声が溢れるのを止められない。

口唇を引き結んでもどうしても洩れてしまう声に自ら傷つき、兄のいいように弄られてしまう。しかも困った事に胸を愛撫されているうちに、あらぬ場所が潤み始めてしまった。

あの場所が潤むのは、エリクを受け容れている証拠だと昨夜教わったばかりだ。心とは裏腹に身体がエリクを受け容れているなんて、自分で自分が信じられない。それともリュシエンヌ自体、家族として愛しているエリクを、本当は異性として見ていたのだろうか？

村の誰よりも美しい兄。そんなエリクに異性として愛されている事に、心のどこかで悦《よろこ》んでいる自分がいるのだろうか？

だからこそエリクを受け容れるように身体が潤み、甘い声が洩れてしまうのだろうか？

いや、そんな筈はない。自分は確かにエリクを愛しているが、それは家族として愛しているだけで、こんなふうに身体を合わせたいと思った事などなかった。

　やはりこんな事をするのは間違っている。両親が亡くなったからといって、箍が外れたように迫ってこられても、神様に背く行為以外のなんでもない。今ならまだ引き返せる。エリクを拒絶してでも止めなければと心に誓った時だった。廊下の奥でシャワールームの扉が開閉する音が聞こえ、シリクの足音がこちらに近づいてくるのが聞こえた。

「いやっ……シリクお兄様が来るわっ。もうやめて……！」

「ちょうどいい、シリクに見せつけてやろう」

「そんな……！」

　こんなに惨《みじ》めな姿をシリクに見せるなんて、エリクは正気なのだろうか？

　それで兄妹のバランスが崩れでもしたら、シリクはきっと悲しむに違いない。それに自分もこんな状態をシリクには、シリクにだけは知られたくなかった。

　しかし確実にシリクの足音は近づいてきて、そして——。

「いい香りだ。今晩はオレの好きな……——」

　扉を開いて明るく言いながら振り返ったシリクは、ソファでもつれ合うリュシエンヌ達を信じられない物を見るような目つきで凝視めていた。

「エリク、リュシー……っ……なにをしているんだ！」

「あぁ、シリクお兄様……」

シリクに怒鳴りつけられ、エリクとの秘め事を見られてしまったと思った瞬間、胃の辺りがスッと冷たくなり、身体が一気に凍えた気がした。血の気が引くというのは、まさにこういう事なのだろう。

一番見られてはいけない人に、エリクの膝に座り乳房も露わに愛されている姿を見られている――きっとシリクの目にはエリクだけでなく、リュシエンヌも共犯者に見えている事だろう。そう思うだけでシリクに軽蔑されるのが恐ろしく、リュシエンヌは髪を揺らしながら首を横に振った。

「違うの、シリクお兄様……違うの……」

シリクにだけは信じてほしくて涙目で凝視めたが、当のシリクは表情すらない。やはりシリクを裏切って、エリクと姦淫に溺れているように見えているのだ。そう思うだけでシリクを凝視める事も出来なくなり、とにかくエリクから逃れようと力の入らない身体で抵抗を試みたのだが、エリクはそんなリュシエンヌなど構わずに、まるでシリクに見せつけるよう乳房に吸いつく。

「あ、あぁっ……！」

舌で乳首を転がされ強く吸われた途端、淫らな声をあげてしまい、慌てて口唇を噛んだが、エリクに感じている姿をシリクに見られてしまった。その事に怯えていると、エリクは離れがたいというようにチュッと音をたててゆっくりと乳首から口唇を離し、リュシエ

ンヌの乳房を揉みしだきながらシリクと向き合う。

「見てわからない？　取り込み中だ。野暮ったらしく見てないで部屋に戻ったらどうだ」

「……エリク。お前、わかっているのか？　リュシーは実の妹だぞ」

「もちろんわかっているに決まっているだろう。そのうえで愛しているんだ。リュシーにもオレの気持ちは伝えている。なぁ、リュシー？　オレに愛されて嬉しいよな」

「や……やぁっ！」

決めつけた言い方にリュシエンヌが慌てて首を振ろうとした途端、エリクはリュシエンヌから言葉をもぎ取るように乳房に吸いついた。さらにウエストを掴んでいた手が下へと滑り、スカートの中へと潜り込んできて、濡れた秘所へ食指を伸ばしてくる。

「あ、あぁっ……だめぇ、エリクお兄様……あぁん、あっ……あ……」

「フフ、こんなにびっしょり濡らして……ほら、聞こえるだろう。リュシーもオレを愛している音が」

「やぁん……！」

蜜口から溢れる愛液を掬い取ったエリクは、ニヤリと笑ってリュシエンヌが最も感じてしまう秘玉をころころと転がし、わざと音をたてて秘所全体を掻き混ぜる。

「あン！　あぁ、いやぁん……やめて、やめて……エリクお兄様……あん、お願い、シリクお兄様も聞かないでぇ……」

くちゃくちゃと粘ついた淫らな音がリビングに響き、リュシエンヌは羞恥に消え入りたい気分になった。それでも敏感な箇所を掻き混ぜられるとどうしても感じてしまい、楽しげなエリクと、一転して冷静に凝視めているシリクの前で淫らに喘ぐ姿を曝してしまう。

「あぁっ……！」

両極端な反応を見せる兄達の視線が突き刺さるのを感じれば感じるほど、リュシエンヌは己の罪深さに涙した。

実の兄に秘所をまさぐられて感じている姿を、もう一方の兄が冷たく見据えているというのに、甘い声をあげて身体を淫らにくねらせているなんて、どんなに否定してもどちらの兄も、きっとリュシエンヌを誤解している事だろう。

感じてしまっている事実を、エリクはいいように捉え、シリクは嫌悪している筈。特にシリクが自分に対して、負の感情を持つ事がなにより恐ろしい。家長となった今、過ちを犯す自分とエリクを引き裂く為、リュシエンヌをどこかへ嫁がせようとするかもしれない。

しかしそう思った瞬間、さらに恐ろしくなった。見知らぬ男性の許へ嫁ぎ、このような事をされるなんて、考えただけでも虫酸《むしず》が走る。だとしたら今、兄にされて感じている自分はいったいなんなのだろう？

「あぁん、いやぁ……もういやぁ……！」

行き着いた疑問もさる事ながら、シリクに見られながらのエリクとの情事に没頭している自分に、リュシエンヌは軽い混乱をきたした。

　その間もエリクの指が隘路へ入り込み、くちゅくちゅと音をたてながら奥をつつき、親指が秘玉を転がしてきて、媚壁《びへき》がひくひくと蠢《うごめ》いてしまう。

「指が締めつけられてちぎれてしまいそうだよ。ここを弄られるのがどうしようもなく感じるんだね」

「あぁん、いや、いや……もう擦っちゃいやぁ……！」

「あぁ、もうすぐ達きそうだね。シリクに見せてあげよう」

「あ、あぁ……！」

　言うが早いか、エリクにスカートを捲り上げられて、シリクに向かって脚を大きく広げるポーズを取らされた。

　強い視線を感じて潤んだ瞳を上げれば、淫らに感じてエリクの指をすっぽりと迎え入れている自分の秘所をシリクが凝視めている。

　その視線が強ければ強いほど背徳感に焼かれ、なのになぜか身体の奥底が熱くなり、達する予感にリュシエンヌは首をいやいやと振りたてた。

「あぁん、だめぇ……エリクお兄様ぁ……そんなにしちゃだめぇ……シリクお兄様も見ちゃいやぁ……！」

　悲鳴のような声をあげたが、エリクの指は速さを増し、くちゅくちゅと媚肉《びにく》を擦りたて、リュシエンヌを絶頂へと導こうとする。ぱっくりと開いた秘所にエリクの指を迎え入れている様を、瞬きひとつしないで凝視めているシリクの視線に強い羞恥を感じ、まるで二人の兄に犯されているような感覚に陥った。そしてエリクの指が最奥を擦りながら秘玉をクリクリと撫で上げた瞬間、堪えきれない快感の波が訪れて――。

「や、やあぁぁあぁぁ……っ！」

冷静に凝視めているシリクに向かって、腰をびくん、びくん、と突き上げるようにしてエリクの指を何度も何度も強く締めつけながらリュシエンヌは絶頂を迎えた。腰を突き上げる度に双つの乳房も上下して、快感に尖った乳首や秘所に指を咥《くわ》えて、ひくひくと蠢く様をシリクに凝視められている。その間、エリクはリュシエンヌの首筋に何度もキスをして身体を撫で上げては乳房を揉みしだき、思い出したように媚壁を擦り立てる。

「んっ……ふ……」

しっとりと汗ばんだ脚の付け根がひくり、と反応して腰が突き上がる。その様子もシリクに凝視められていたが、兄達の目の前で達ってしまったリュシエンヌは、一番見せてはならない相手に痴態《ちたい》を見られたショックで、心の一部が欠けてしまったような、諦めにも似た気分に陥り、まるで人形のようにエリクの胸の中におとなしく収まっていた。

「わかったか、シリク。これでもうリュシーはオレのモノだ」

満足げに頬へキスをして、エリクはリュシエンヌの目の前で、愛液にまみれた五指を開き、糸を引く様をシリクに見せつけた。

「……っ…」

明るい光の中、愛液に光るエリクの手を見てしまい、木偶のように動けなくなっていたリュシエンヌは、ぴくりと反応して顔を火照らせた。

自らがエリクを受け容れている証拠だと教えられた淫らな体液を目の当たりにして、強い羞恥心が甦《よみがえ》ってきて、どちらの兄にも顔向けが出来ずに俯いていると、それまで扉の前で動かずにいたシリクがこちらへ向かってくる気配がした。

エリクと過ちを犯した事を叱責《しっせき》されるのではないかと身を竦ませていたが、シリクはエリクから強引にリュシエンヌを奪い、強い力で抱き上げる。

「あ……」

咄嗟《とっさ》に抱きついて恐る恐る凝視めてみたが、シリクはリュシエンヌではなくエリクを強く睨《にら》みつけている。

「なにがオレのモノだ。リュシーはいやがっていたじゃないか」

「本気でいやだったらこんなに濡れはしないさ」

「話にならない」

クスクスと笑いながら指を舐めるエリクが信じられなくて、リュシエンヌが目を瞠《みは》っているうちに、シリクは一方的に話を切り上げてエリクに背を向けた。

「部屋へ行くぞ、リュシー」

シリクが静かに怒っている事を敏感に察知して、リュシエンヌは小さく返事をした。

「……はぃ」

「リュシーをあまり怒るなよ」

ソファに寝転がったエリクが声をかけたが、それを無視してシリクはリュシエンヌを抱いたまま階段を上がっていく。エリクの言葉どおりこれからシリクに怒られるのだと思えば、目を凝視める事すら憚《はばか》られて逞《たくま》しい腕に抱かれたまま身を縮めているうちに、自室へと送り届けられた。

ベッドに腰掛けるよう下ろされて、すぐさま乱れたブラウスを整えようとしたが、その前に床へ膝をついたシリクに両手を取られてギュッと握りしめられる。

夜が更けてひんやりとしてきた自室に連れて来られて、冷静さを少し取り戻し始めたが、そうなるとシリクに見られた痴態が思い出されて俯いたままでいると、大きな手がリュシエンヌの手をそっと撫でてくる。

「オレの目をきちんと見てごらん。疚《やま》しくなければ出来るだろう？」

本意ではないものの、兄妹で淫らな事に耽《ふけ》っていた事実を見られたばかりで、どうして目を凝視められるだろう。それでも目を逸らしたままでいたらエリクとの仲を自ら認める事になりそうで、シリクの瞳をおずおずと凝視めた。

見下ろす形になっているシリクの表情は厳しく、まるでリュシエンヌのすべてを見透かすようで――。

「……ごめんなさい……」

気がつけば謝罪が口から衝いて出た。謝って許される事ではないが、そんな言葉しか見つからなかった。エリクに無理やり迫られ、身体をいいように悪戯されて快感を得てしまった事は、シリクの信頼を裏切ったも同然であり、なにも言い訳が出来ない身体になったのだから、やはりリュシエンヌには謝る事しか出来ない。

リュシエンヌの謝罪を聞いてどう思ったのか、シリクは深いため息をつく。言葉ではない分、そこになにか言い表せないたくさんの意味が詰まっているような気がして、シリクの目を凝視められなくなる。

「……いつから？」

「え……」

「いつからエリクと道を踏み外して、淫らな事に耽っていたんだい？」

自分でも罪深い事をしていた自覚はあったが、シリクに改めて問われると、罪の重さをさらに実感させられた。しかし、それでも。

「シリクお兄様、信じて。エリクお兄様とあんな事になったのは昨夜なの。ワインに酔って運んでくれた時に、エリクお兄様が私を……」

それ以上は言葉にならずに思いを込めて凝視めると、シリクは合点がいったように頷く。

「もしかして、それで今朝、どちらが運んだか訊いたのか」

「……その時は暗闇で、どちらのお兄様だかわからなくて……けれど、エリクお兄様が運んでくれた事がわかって警戒していたの。だけどシリクお兄様がシャワーを使っている間に、エリクお兄様がまた私に……」

警戒してはいたが、まさか昨日の今日で、しかも明るいリビングで悪戯されるとは思ってもみなかった。さらにシリクが見ている前で達かされるとも。

リビングの扉を開けた瞬間、半裸でエリクに悪戯されている自分を見て、シリクはどう思った事だろう。それを想像するだけで顔から火を噴きそうだ。

「あの、シリクお兄様……」

「うん？」

「お願い、先ほど見た事はすべて忘れて」

「どうして」

逆に問われてしまい、言葉に詰まった。エリクに脚を大きく開かれて、シリクに向かって最も恥ずべき箇所を無防備にも曝したのだ。

さらにエリクの指を深く咥え込み、濡れた秘所からくちゅくちゅと猥《みだ》りがましい音をたてて出入りする様も、それに感じて甘く喘ぐ声も聞かれ、シリクに向かって腰を何度も突き出すように達く姿まで穴が空くほど凝視められたのだ。忘れてほしいと切に思う。

　しかしそれを言葉にする事など出来る訳もなく、頬を真っ赤に熟れさせて黙り込むと、シリクがまた手をギュッと握りしめる。

「愛しているよ、オレのリュシー。だけどオレがとても怒っている事もわかっているね」

「……はい」

悄然《しょうぜん》と項垂《うなだ》れて返事をした。妹として愛されているのはわかる。だからこそエリクと罪を犯したのに感じてしまったリュシエンヌを怒っている事も最初から肌で感じていた。

　これからいったいシリクは、家長としてどんな沙汰《さた》を下すのだろう？

　やはりエリクと距離を置く為に、見知らぬ男性の許へ嫁がされてしまうのだろうか？

「許してお兄様、どこかへお嫁に行くのはいや。エリクお兄様とは金輪際《こんりんざい》、罪を犯さないから、どうかどこにもやらないで」

「しかしエリクとひとつ屋根の下で暮らしていて、果たしてリュシーに拒《こば》めるとは思えないな。オレの目がない場所でまた悪戯されるかもしれない。いや、今度は犯されてしまうよ。エリクにセックスを迫られて、リュシーが拒めるとは思えない」

「……っ…だ、大丈夫。絶対に逃げてみせるから、エリクお兄様と二人きりにならないようにするから、知らない男性の所へ行くのはいや」

　生々しい単語をはっきりと口にされて言葉に詰まったが、淫らな事を少し知ってしまったあとだ。嫁いでしまったら見知らぬ男性と同じ事をしなければいけないのだと思えば、恐ろしくてとてもではないが嫁ぐ気になれない。

「他の男性が恐い？」

「はい……」

「エリクのせいで男性恐怖症になったかな……いいかい、リュシー。セックスは決して恐い行為ではないんだよ。愛を確認する神聖な行為なんだ。オレが見つける男性なら、きっとリュシーを優しく扱ってくれるから――」

「いやっ！　あんな事、知らない男性とするのはいやっ！」

シリクが嫁ぎ先を見つけ出すつもりでいるのがわかり、言葉を遮《さえぎ》って首を振った。

確かにエリクと距離を置く為には、嫁ぐのが一番なのかもしれない。わかってはいる。

シリクならきっと、自分に似合いな男性を見つけ出してくれるだろう事も頭ではわかる。

けれどエリクに悪戯されてセックスがどんなものであるか、朧気《おぼろげ》にだがわかってしまった今、とてもではないがあんなに狭い場所へ男性を受け容れるなんて出来ない。

「他の男性とは……って、もしかしてエリクを愛してる？」

「家族として愛しているわ」

「けどずいぶん感じていたね。昨日の今日であそこまで感じてしまったのはどうして？」

「そ、それは……」

なにも知らない初心な身体であり、エリクの愛撫が巧みであったから、いけない事だとわかっているのに感じてしまったのだと思う。しかしそれをシリクに告白するには勇気がいりすぎる。けっきょく言葉に出来ずに黙り込むと、シリクはまた深いため息をついた。

「リュシー、エリクにいったいどんな事をされたんだい？」

「え……」

「詳しくすべて教えてくれたなら、嫁ぐ話は考えてあげるよ」

「すべてを詳しく……」

エリクにされた事なら詳しく覚えてはいる。しかしそれをシリクは言葉で説明しろと言うのだろうか？

しかし言わなければ、どこかへ嫁がされてしまうかもしれない。ならばどんなに恥ずかしくとも、シリクに説明しなければいけないのだ。

「私を嫌いになるかもしれないわ」

「愛していると言った筈だよ」

伸び上がったシリクに頬へキスをされて覚悟が出来た。出来たが、言葉にするのはやはり恥ずかしく、リュシエンヌは顔を両手で覆った。

「……最初はただ普通におしゃべりしていただけだったの。けれど、いつものキスがいつの間にか、恋人同士みたいなキスに変わって……」

「恋人同士みたいなキスって、具体的にどんなの？」

　まさかそこまでつぶさに訊かれるとは思わずに言葉に詰まるリュシエンヌを励ますように、シリクが頬に何度もキスをする。

「教えて、リュシー。こういうキスじゃなくて、どんなキス？　エリクは口唇にはキスしなかった？」

「……したわ。いつもみたいに。けれど、いつもより何度もキスをして……」

「こんなふうに……？」

　チュッ、チュッ、と口唇へ何度もキスをされて、キスがどんどん長くなる事にリュシエンヌは驚き、顔を隠す事も忘れてシリクを凝視めた。

「シリクお兄様……ん、どうして同じようにするの？　きちんと言うわ、言うから……」

　やめて、と言おうとした言葉はシリクの口唇に吸い込まれた。まるでエリクとの情事を最初から見ていたとしか思えない仕種で、まさに今、言わんとしていた恋人同士のキスを仕掛けてきたシリクに驚きを隠せない。

「んふっ……」

　エリクのようにリュシエンヌの舌を搦め捕り、強く吸ってはざらりと舐めて、口腔をくすぐってくる。慌てて引き剥がそうとしたが、どうしても感じてしまう場所を舐められた瞬間に力が抜けてしまい、引き剥がすどころかぴくん、ぴくん、と反応してしまった。

「んぅ……ゃあ……ぁん……ん……」

「……リュシーの感じる所、見つけた。エリクにもすぐに見つけられたんだろう。こうやってエリクにも縋りついて……いい声をあげたんだね？」

「んふっ……シリクお兄様、そのとおりだからもう…や……っんんん！」

やめてほしいと懇願しようとしたが、聞こえないとばかりに深いくちづけを受けて弱点をくすぐられる。抵抗を試みて胸を反らせてもシリクはどこまでもついてきて、息継ぎをする間も与えてくれない。

やはり双子という事なのだろうか、シリクのキスもエリクと同様に容赦《ようしゃ》がなく、リュシエンヌを快感の淵へ追い詰め、頭の芯がボーッとするほど熱烈で、シリクがキスをやめて見下ろしているのに気づいたのは、しばらく経ってからだった。

「キスだけでこんなに好い顔をしてエリクを煽《あお》ったんだね」

「あ、煽ってなんかないわ……」

「その舌っ足らずな甘やかな声で充分に煽っているよ。胸まで押しつけて悪い子だ」

「そんな……違う、違うわ。お願い、信じて」

シリクの言い方はまるで、リュシエンヌのほうが悪いと言っているようだったが、信じてもらいたい一心で凝視めると、シリクはもう一度だけ口唇へキスをして、露わな乳房を愛撫し始めた。

「もちろん信じているよ。信じているからすべて知っておきたいんだ。エリクにもこうやって揉まれた？」

「あ、あん……シリクお兄様……どうして？　んっ……どうしてするの……？」

　柔らかく揉みしだきながら、尖りきっている乳首を摘まみ出され、指先できゅうぅっと引っぱられる。心地好さもあるが少し痛くて涙目で凝視めたが、シリクはやめてくれない。

　それにどうして怒っていたシリクまでエリクと同じような事をしてくるのか、リュシエンヌにはわからなかった。感じまいとしようとしても、シリクの愛撫も巧みで、噛みしめていた口唇がすぐに解けて甘い声があがるのを止められない。

「ぁ、あぁっ……ん、ふ……」

「こら、質問してるのにオレに感じるなんて困った子だな。これはエリクの件とは別にお仕置きも必要だ」

「あぁん、あん……そんな……あぁ、もう引っぱっちゃいやぁ……！」

　薔薇色に染まりきった乳首を摘ままれては引っぱられ、痛みに眉を顰《ひそ》めると、あやすように先端をそっと撫でられる。微かな痛みと強い快感を交互に与えられ、いつしかリュシエンヌは甘い声をあげながら、強い快感を待ち侘びるようになってしまった。

　こんな事はいけないとわかっているのに、エリクによって二度も極めた事のあるリュシエンヌの身体は、快感を拾う術《すべ》をもうすっかり会得していた。

「あン……あぁあぁ……んんっ……お兄様、お兄様ぁ……」

「引っぱられるのが好いのか？　それとも……こうやって撫でられるのが好き？」

「んふ、そんな……あン、引っぱっちゃや……」

「エリクとどっちが好い？」

どちらが好いかなんて、とてもではないが答えられない。仲のいい双子だが、お互いに負けず嫌いなところがあるのだ。もしも少しだけ意地悪なシリクより優しいのに強引なエリクがいいなんて答えたら、なにをされるかわかったものではない。その逆もまたしかりで、リュシエンヌは首を横に振った。

「んっ……わかんな……あ、あぁん……もう痛くしないでぇ……」

強く引っぱられて無意識のうちに胸が反る。

しかしそのあとご褒美のように先端を撫でられると気持ちよくて、エリクの指を受け容れた媚壁がせつなく収縮するのが自分でもわかる。

お仕置きをされているのに新たな蜜も溢れ出し、秘所がひくりと蠢く度にじわじわと心地好さが広がり、初心な身体は堪える事が出来ずに腰が焦れったく動いてしまう。

それでもシリクともエリクと同じように罪を犯す事にどうしても抵抗があり、我慢していたのだが、もちろんそれはシリクにもすっかりバレていて、クスクス笑われてしまった。

「腰が淫らに動いてるよ。リュシーはいつからそんなにいやらしい子になったんだい？」

「やぁん……訊かないで……」

昨日の夜まではなにも知らずに清純なままでいられたのに、たった一夜にして兄達によって淫らな身体に作り変えられてしまったのだ。あってはならない事なのに、実際に感じてしまっている自分もやはり同罪なのだろうか？

エリクと罪を犯し、そしてまたシリクとも罪を犯して——兄妹でさらに兄弟が妹を取り合うような形になり、二重どころか三重もの罪がのしかかってきて、これでもう完全に神様へ縋る事など出来なくなってしまった。懺悔《ざんげ》するのも畏《おそ》れ多く、ロザリオを持つ事すら許されないだろう。それほどまでに兄妹で越えてしまった一線は罪深いに違いない。

「シリクお兄様、もうわかったでしょう？　あとは見たとおりだから、もう許して。これ以上は神様がお許しにならないわ」

「許されなくてもいいよ。エリクと仲良くして、オレをのけ者にするつもり？」

「のけ者にするつもりなんてないわ」

出来る事なら兄妹三人、昨日までの関係で仲良く暮らしたいという思いを込めて言ったのだが、シリクはそういう意味合いではなかったらしい。

「のけ者にしないというのなら、エリクにされた事をすべて再現するまで許さない。もしも拒否するなら知らない男の許へやってしまうよ」

「……っ…」

やはりシリクは、エリクに悪戯されたリュシエンヌに怒っているのだ。そして普段の生活同様、エリクと同等に扱わなければ途端に機嫌が悪くなる負けず嫌いな部分も含まれているのだろう。

なにより家長ならではの脅しは、リュシエンヌにとって効果的だった。

これからシリクとも背徳行為をするのかと思えば気は重かったが、抵抗を諦めて身体の力を抜くと、シリクはリュシエンヌから衣服をそっと剝《は》ぎ取っていった。

（あぁ……）

乱れていたブラウスを脱がされ、スカートまで引き下ろされて、一糸纏《まと》わぬ姿にされた心細さに自らの身体を抱いたが、すぐに手首を掴まれてシリクと向き合う形を取らされる。

咄嗟に目を逸らしたが、シリクの視線が羞恥に火照る顔を凝視め、それから視線がゆっくりと身体を検分するように這っていくのがわかる。散々に弄られた双つの乳房と、括《くび》れたウエスト、そして髪と同じ色のブロンズ色の淡すぎて秘裂も露わな叢《くさむら》には特に強い視線を感じ、たまらずに脚を摺り合わせた。

「……そんなにジッと見ないで……」

「兄妹なんだから恥ずかしがる事はない」

「普通の兄妹はこんな事しないわ」

「普通じゃなくてもいいよ。さぁ、エリクに見せたように脚を開くんだ」

シリクの命令に、リュシエンヌはびくりと身を竦ませた。もう既に見られてはいるが、エリクは自ら開くような命令はしてこなかった。しかし反論したとしても、また脅されるだけに違いなく、リュシエンヌは震えながらも脚を僅かに開いたが――。

「それで開いたつもり？　エリクの前ではもっと開いただろう。リュシーなら出来るね」

「う……」

訊いているかのようで断定的な言い方をされて、リュシエンヌは膝をのろのろと立てていった。しかし出来たのはそこまでで、とてもではないが兄へ向かって秘所をさらけ出すようなポーズなど取れずにいると、シリクがリュシエンヌの膝に手をかけた。

「……っ……」

「リュシー？　オレはすべて見せてって言った筈だよ。どうして出来ないの」

「だって……」

膝頭をまあるく撫でながら問われたが、やはり自ら開く事など出来ずに涙目で凝視めていると、シリクは膝を摑み、左右へ大きく開いてしまう。

「あぁっ……」

シーツに着くほど脚を開かれた瞬間、リュシエンヌは絶望的な気持ちになり、目をギュッと閉じた。濡れに濡れた秘所が外気に触れてひんやりと感じ、そこをシリクに凝視められているのかと思えば、媚肉が意図せずひくりと蠢いてしまう。

「エリクに弄られている時も思ったけど、リュシーはどこもかしこも綺麗だね。ここもまるで朝露に濡れる薔薇の花弁のように綺麗で——淫らだ」

「やぁっ……！」

　蜜をたっぷりとたたえた蜜口をそっと撫で上げられて、花弁に喩《たと》えた陰唇を撫で上げたシリクが、昂奮に尖っている秘玉を指先に捉えた。

「あぁ、ん……あ、あっ……シリクお兄様ぁ……」

　包皮から僅かに顔を出していた核芯《かくしん》を剝き出しにして愛液にまみれた指先で弄られると、えも言われぬほど気持ちよく、腰がガクガクと揺れてしまうのを止められない。兄に弄られていると思えば感じるなんていけない事なのに、どうしても感じてしまう。身体も自然とくねってシリクの指淫に甘い声がとめどなく溢れる。

「ここがリュシーのいい所なんだね。フフ、シーツまでびしょびしょだ」

「やぁ、ん……わないで……」

　その間もシリクは執拗なまでに秘玉だけを弄り、リュシエンヌが腰をびくつかせる様を愉しげに凝視め、愛液にぬめり逃げるような仕種を見せる秘玉を円を描くようにクリクリとくすぐってくるのだ。

「あっ、あぁっ……もうだめ……だめぇっ!!」

　強すぎる快感に堪えきれずに腰がガクガクと揺れて、兄の手から逃れようとしたが、揺れる腰ごと摑まれて逃げる事は叶わない。そしてさらにリュシエンヌを追い詰めるよう指の動きが速くなり、くちゅくちゅと猥りがましい音をたてながら、不意に親指を隘路へ埋められた瞬間――。

「あっ……あぁぁあぁぁっ……！」

堪えきれない絶頂が訪れて、リュシエンヌはシリクの親指をもっと奥へ誘うように媚壁をひくつかせながら、腰を何度も何度も突き上げて絶頂を味わい尽くした。

しかしその間もシリクはリュシエンヌの腰の動きに合わせて秘玉を撫で擦ってくるので、達しているのに小さな絶頂が何度も訪れる。

「あっ……ぁ……あ……あぁっ……」

いくらでも達けてしまう身体に戸惑い、息も絶え絶えになりながらリュシエンヌは髪を振り乱して、いやいやと首を振った。

「もういや……達くのはいや……達ったの……もう達ったの……」

自らの秘所に手を伸ばして、これ以上は触られるのを阻止しようとシリクの手に重ねたが、シリクはクスクス笑いながら人差し指で秘玉を悪戯に転がす。

「んんんっ……ぁ、あ……」

「達く、なんて淫らな言葉を口にするなんて悪い子だ。エリクに教わったの？」

「ぁあ……ん……い、言ってはいけない言葉なの……？」

　女性が口にしてはいけない淫らな言葉だったのだろうかと疑問の眼差しで凝視めたが、シリクはそんなリュシエンヌに微笑む。

「達く時は達くと言ってもいいんだよ。ただ、とても淫らな言葉ではあるけどね。エリクにはそんな言葉を口走るほど何度も達かされたの？」

「そんな、何度もなんて……」

　リュシエンヌは目許を染めて、凝視めてくるシリクに首を横に振った。確かにエリクには昨夜と先ほど達かされてしまい、強烈な刺激を身体に覚え込まされてしまったが、シリクのように達ったあとも立て続けに達かされてはいない。

「けれど達く感覚はエリクに教わってしまってたんだね。ならばオレも初めての感覚を教えてあげるよ」

「……っ…なにをするの……？」

　時間を置いているとはいえ、エリクに達かされて続いてシリクにも執拗《しつよう》に達かされたばかりだ。体力的にも限界で、これ以上なにかされるのはたまったものではない。恐れおののきながら身体をずり上げたが、すぐに引き戻されてしまう。

「いやっ……もういや。シリクお兄様、もう許して……」

　抵抗したくとも力の入らない身体はいとも簡単に組み敷かれてしまったものの、涙ながらに首を振る事で許しを乞《こ》う。しかしシリクはやめるつもりはないようだった。

リュシエンヌの涙を舐め取り、頬にキスをしてあやしながらも、達った事でぽってりと膨らんだ陰唇を上下に撫でて、その奥で息づく蜜口を指先でそっと撫でる。

「あぁ、ん……いや、いや……」

首を振っていやだと言いつつも、身体はシリクの言いなりだった。撫でられる度に濡れそぼる蜜口からはくちくちと音がたち、むずむずとした感覚が湧き上がってくる。そのうちにシリクの指がなぞるだけではなく、隘路へ浅く入ってはまたなぞるのを繰り返すようになり、リュシエンヌがその感覚に慣れてくると、二本の指が媚壁を寛《くつろ》げるよう徐々に奥へと突き進んでくるようになった。

「ここまではエリクにレッスンを受けたね？」

「ん、んっ……ん、あっ……あ、あっ……」

ちゃぷちゃぷとリズミカルな音をたててシリクの長い指が出たり入ったりする。奥をつつかれる度にせつないような気分になり、つつかれる度に声が押し出されるように洩れるようになると、シリクは中で指を折り曲げてなにかを探るような動きをした。

中で指を折り曲げられるだけでも充分な刺激だったのに、シリクの指がある一点を擦り上げた瞬間、快美な感覚が走った——気がした。

「ん、あ……？」

心許ない声をあげると、シリクはニヤリと笑ってそこばかりを狙いすまして押し上げるように擦り始め、一瞬だけ気持ちよかっただけだった筈が、はっきりとした快感に為り変わった。

「あぁっ！　いやっ、いやぁ、シリクお兄様ぁ……そこ、だめぇ……！」

「見つけた、リュシーのいい所。いやじゃないだろう？　ここがどうしようもなく気持ちいいんだね」

「あぁぁん……あっ、あっ、あ……もう擦っちゃいやぁ……！」

　秘玉を弄られている時のような鋭い快感ではなかったが、擦られる度にじわじわとした快感が強くなるようで、身体の奥が熱く燃え立つようだった。実際にリュシエンヌの身体は桃色に染まり、シリクの目にもリュシエンヌが感じている様子が肌の色で伝わっているらしい。ちゃぷちゃぷちゃぷ、とリズムを刻むように指を出し入れして、リュシエンヌがどうしても感じてしまう場所を擦りたてるのだ。

「すぐに覚えていい子だね、リュシー。このまま中を擦られるだけで達ってごらん。フフ、感じているんだね。リュシーの中がオレの指をきゅうきゅう締めつけて折れそうだ」

「やあぁぁん……あン、あっ……あん、んっ……ん……」

　速く擦られるのがとても好くて、身体が弓形《ゆみなり》に反り返る。堪える為にシーツを握りしめ、双つの乳房も擦られるのに合わせて上下に揺らして感じ入っている様を、シリクが凝視めている。そう思えば感じてはいけないのに、そこを擦られるとどうしても感じてしまう。

昨夜覚えたての淫戯《いんぎ》に戸惑いながらも淫らに腰を揺らし、媚肉を捏《こ》ねられる度にたまらなく甘い声をあげ、その素直で敏感な反応はシリクを存分に満足させているようだった。

しかしリュシエンヌ自身、自分が兄の目にどれほど淫らに映っているのか、考える余裕もなかった。乳房も露わに最も恥ずべき場所を兄に愛撫され、感じてしまっている自覚はあっても、身体にわだかまり徐々に昂ぶっていく熱をどうにかやり過ごすのに精一杯で、自らがどれほど淫らな乱舞をしているのか気づいてなかった。

それほどまでに兄の愛撫は巧みで、的確にリュシエンヌを追い上げ、腹の底でジリジリと燻《くすぶ》っていた熱が四肢を痺《しび》れさせ、意識すら朦朧《もうろう》とするほどの快感に身体が限界を訴えてびくん、びくん、と跳ねた。

「あん、やん、お兄様ぁ……あん、変なの。もう、もう……っ……」

「もう……なんだい？」

耳孔を掠《かす》めるように舐めながら問われて、身体がびくびくっと震えた。淫らな言葉だと教えたのはシリクなのに、言わなければ許さないとばかりに媚壁をじっくりと撫でられ、あともう少しのところまで来ているのに、指の動きがゆったりとしたものになり、焦れた身体に衝き動かされるまま、リュシエンヌは羞恥に顔を熟れさせながら口唇を開いた。

「もう少しで……っちゃうの……お願い、シリクお兄様ぁ……もう達かせてぇ……」

言った途端に零れた涙を舐め取ったシリクは満足げに微笑み、頬に優しくキスをして媚肉を捏ねる速度を増した。

「いいよ、リュシーの恥ずかしくて一番感じちゃう場所をいっぱい擦ってあげるから思いきり達ってごらん……」

「あぁん、シリクお兄様ぁ……私、私……もう……」

　気持ちよすぎておかしくなる。そのうえ恥ずかしい事を言われたら余計に感じてしまって、媚壁がシリクの指にひくひくと絡みつくのがわかった。その狭くなったところを速く擦られるとたまらなくて、指の速度に合わせて腰が徐々に浮き上がり、そして——。

「あ、ぁあ……んっ、あ……や、あっ……やあぁぁあぁん……っっ！」

　シリクによって見つけられた最も感じてしまう場所を烈しい指戯でくちゅくちゅと擦りたてられているうちに、身体の奥底から湧き上がるような快感が押し寄せてきて、リュシエンヌは腰をびくん、びくん、と衝き上げるように跳ねさせながら達した。それでも達した余韻をじっくりと味わわせるように、シリクの指がリュシエンヌの腰の動きに合わせてゆっくりと突き上げる。

「あ……ぁ……ん、ふ……っ……」

　それが気持ちよくて腰を淫らに振りたてていたリュシエンヌであったが、身体を絞るように腰を持ち上げて四肢まで伝わるような快感を味わい尽くしてから、腰をがくん、とベッドへ沈めた。その途端、胸の鼓動が烈しく乱れ、全身で息をしていると、リュシエンヌの絶頂の瞬間を余すところなく凝視めていたシリクが、頬へチュッチュッ、と慈しむようなキスをする。

「素敵だったよ、リュシー。エリクよりも好かった？」

「……そんなのわからないわ」

　またエリクと比べたがるシリクの口唇から逃れて、まだ肩で息をしながら顔を覆った。

　エリクに引き続きシリクまで、両親が亡くなった途端に兄妹の垣根を越えて男女の関係を強要してくるなんて、兄達をまったく意識していなかったリュシエンヌにとっては青天の霹靂《へきれき》だ。裏切られたような気分にもなり、兄達が恨めしく、また欲望を剥き出しにした姿は恐ろしくもあった。

「酷いわ、シリクお兄様もエリクお兄様もどうして急に私にこんな淫らな事をするの？」

「エリクが言ったと思うけど、オレもエリクもリュシーを一人の女性として愛してるからだよ。リュシーさえいればいいんだ。愛しているよ、オレのリュシー」

　ギュッと抱きしめられて、髪へくちづけられる。シリクの言葉にはなんの揺るぎもなく、元の兄妹へは戻るつもりがないのが見て取れた。きっとエリクも同様だろう。

　リュシエンヌがどんなに抵抗しようとも、兄達はリュシエンヌが素直に受け容れるまで同じ過ちを繰り返すに違いない。

——共に堕ちてくれるね——

「……っ……」

その時、不意に暗闇の中でキスを受けた時に囁かれた言葉を思い出し、戦慄《せんりつ》が走った。

どちらの兄が囁いたのか今でもわからないが、その言葉の意味が今ならわかる。

それは二人の総意であり、どちらとくちづけたのか、二人と関係を結んでしまった今となっては、きっとあの夜にくちづけられた事など問題ではないのだ。

そこを問い質してみても、もう三人で共に堕ち始めているのだ。

後戻りが出来ない、誰にも言えない一線を越えてしまった自分達は、いったいどこへ向かうのだろう？

それに兄達は、もう今までどおりにはいかないとも言っていた。

あの時は両親を亡くして、今までどおり平々凡々とは暮らしてはいけないという意味だと思っていたけれど、そういう意味ではなかったのだ。三人で罪を犯して暮らしていくという意味で言われたのだと、今ならわかる。

それを考えると絶望しか残されていないようで、目の前が真っ暗になる。まさに地の底へ堕ちていくしかない気分に陥った。

救いの手を求める事すら許されない、淫獄へ堕ちる。

それはいったいどういう世界なのだろう?

そう思うだけで穏やかだった日常が、ガラガラと音をたてて崩れ去っていく気がした。

もうあの頃の無邪気な自分へは戻れない――その予感はきっと的中するに違いなく、これから先、兄達と共にいったいどこへ堕ちていくのか、予想もつかないが、ひとつだけわかる事がある。この穢れた身体を兄達に蝕《むしば》まれて、両親と同じ場所へは辿り着けない地の底に堕ちるのだ。きっとリュシエンヌがどんなに抗《あらが》っても、兄達ならばいともたやすく共に引き摺り落とすに違いなかった。

けれどその反面、まだ兄達を完全には憎めない自分もいる。

長年、兄達を頼って生きてきた事もあるが、兄達を嫌悪する感情が生まれないのは、どうしてなのか――。

そこを考えたら忌まわしい結末が待っているようで、考えるのが恐ろしかった。

だから今は、今だけは静かに眠りたい。なにも考えずに綺麗な夢だけを見て、静かに眠りに就きたかった。

「リュシー?　眠ってしまったのかい?」

シリクに優しく声をかけられたが、リュシエンヌは目を閉じたまま返事をする事もなく、静かに涙を流して、まるで人形のように心を閉ざした。

第二章　禁断の果実

　傾き始めた西日の眩《まぶ》しさに、リュシエンヌはふと目を覚ました。ゆっくりと起き上がり窓の外を眺めると、愛すべき村の景色はすべて黄金色に染まっている。リュシエンヌがいるベッドにも窓枠の形に光が射していたが、その光が眩しい分だけ部屋の暗さが強調されているようで、ふとため息をつく。

（いつの間に眠ってしまったのかしら……）

　昨夜、シリクが部屋を出て行ったあともリュシエンヌは眠れずに朝を迎えた。兄達が起き出して来ないうちにシャワーを浴びて、穢《けが》された身体を清めてからは部屋に閉じこもり、兄達が声をかけてきてもベッドへ逃げ込み、ひと言も口を利かなかった。それでも兄達はリュシエンヌに愛を囁《ささや》き、髪にキスをして仕事へ出かけて行ったのだが、家に一人きりになり、色々と考え込んでいるうちに眠ってしまったらしい。

昨夜はまだ色事に疎《うと》い身体を翻弄《ほんろう》されて、最後には訳がわからなくなってしまったが、冷静になった今、思い返してみると兄達の手のひらで踊らされている気がした。

タイミング良くエリクと二人きりにされて、無理やり身体を拓《ひら》かれたあと、なにも知らない素振りのシリクに責められ、どこかへ嫁がせるよう脅されたが、最後には愛しているからという理由にすり替わっていた。そしてリュシエンヌが酷《ひど》いと詰《なじ》った時には、シリクもエリクも同じように一人の女性として愛しているのだと打ち明けてきて、絶望的な気分に陥《おちい》ったのだ。

せめてどちらかの兄だけが気の迷いを起こしているのなら良かったのに。そうしたら片方の兄が防波堤になってくれたかもしれなかったのに、よりにもよって二人とも実の妹である自分を愛しているなんて、どうかしている。

そう思うと今までのスキンシップも、過剰《かじょう》なまでの過保護も、リュシエンヌに縁談が持ち上がった時の猛反発も、すべては兄達が自分を手に入れる為だったように感じてしまう。

そこまで執着されていたなんて、思いも寄らなかった。いったいいつから一人の女性として見られていたのだろう？

無防備に甘えていたし、滅多にない事だが偶発的に肌を見せた事もある。その時の兄達の心情を想像すると今さらながらにゾクッとする。愛していると囁いていた意味合いも、頬や口唇へのくちづけも、なにかにつれ抱きしめていた時ですら、家族のそれとはまったく違っていたという事だ。

それなのになにも気づかず甘えてスキンシップを取っていた自分の行動を思い出すだけで、目眩《めまい》がしそうだ。

しかしまさか兄達が揃って自分を異性として愛しているなんて、誰が想像出来ただろう。当のリュシエンヌ自身、まったく気づかなかったのだから、他の誰にも気づかせないくらい完璧に、兄達は仲のいい兄妹を演じていたのだ。

（演じて……）

なんだかそんなふうに考えると、兄達を誰よりも理解しているつもりだった自信も崩れていく。いったいいつから、兄達は道を踏み外したのだろう？

そしてこれから自分はいったいどうしたらいいのだろうか？

共に堕ちてくれるねと、当たり前のように唆《そそのか》されたが、共に堕ちる事など出来ない。だとしたら、取るべき方法は——。

（……逃げなくちゃ……）

もうすぐ夜になってまた兄達が帰ってきてしまう。その前にどこかへ逃げるのだ。そうしなければ、また強引に身体を拓かれてしまうかもしれない。いや、今度は身体を探られるだけでなく、身体を繋げようと、純潔を奪おうとするかもしれない。そうなる前に逃げればまだ罪を懺悔《ざんげ》する事が出来る筈《はず》。

けれど——どこへ？　どこへ逃げればいいというのだろう？

男爵家の一人娘として箱の中で大事に育てられてきた事もあり、この村以外の世界をあまりにも知らなすぎた。たまに家族で旅行へ行く事もあったが、村以外の土地勘などまったくないも同然で、どこへ逃げたらいいのだろう？

頼れる親戚がいるでもなし、身を寄せられる場所などない。第一、しばらくどこかへ身を寄せるとしても、理由を問われたらなにも答えられない。

（どうしたらいいの……？）

顔を覆って悩んでいると、不意に教会の鐘の音が聞こえた。それを聞くともなしに聞いていて、ハッと閃《ひらめ》いた。

（そうだわ、セナンク修道院へ行けばいいんだわ！）

ゴルド村の象徴ともいえる岩山の谷間の底の底には、ラベンダー畑に囲まれた立派な大修道院があるのだ。そこへ逃げ込めば、いくら権力のある兄達でも男子禁制の修道院へ足を踏み入れる事は出来ない筈。

神に仕える清い身体とは言えないが、幸いにしてまだ純潔だけは残っている。そこで一生罪を贖《あがな》いながら神へ仕える身となって、生涯独身を貫いていけばいい。

修道院へ行くなら俗世を捨てるのだから、なにも用意せずに身ひとつで駆け込めるのも、リュシエンヌにとっては幸いだった。

時計を見ればまだ兄達が帰ってくるには時間がある。そうとなれば行動あるのみと、ベッドから下り立ち、着替えを簡単に済ませて家をとび出した。

薄暗くなった広大な庭を横切りながら、大切に育てていた草花に別れを告げ、門扉まで来たところで一度だけ長年暮らした家を振り返り、瞳にしっかりと焼き付けてから、いざ門扉を開こうと思ったのだが――。

「え……？」

柵《さく》を握りしめて押し開こうとしたが、鉄の柵はびくともしなかった。薄闇の中よく目を凝《こ》らしてみれば、門扉の柵には頑丈な鎖が巻かれ、さらに錠《じょう》が施されていた。

（どうして……!?）

もともとの鍵は内側に付いてはいるが、鎖や錠などを新たに取り付けた話など兄達から聞いていないし、鍵ももらっていない。という事は考えられるのはただひとつで、良くない予感に胸が騒ぐ。

（酷いわっ。私を閉じ込めたの!?）

口も利かずにいたリュシエンヌの態度から、逃げる事を想定したのだろうか？

そんな事なら普段どおりに振る舞っていれば良かったと思っても今さら遅いが、リュシエンヌの行動などお見通しとばかりに、逃亡させまいと用意周到な兄達に歯噛みしたい気分になった。それでも諦めきれずに柵を乗り越えようと挑戦してみたが、リュシエンヌの身長の二倍以上の高さの柵にはなんの足掛かりもなく、背伸びして摑まってもズルズルと滑り落ちてしまう。

（なにか別の方法を考えたほうがいいかもしれないわ）

柵を上手くよじ登り切ったとしても、先端が鋭く尖っている事もあり、きっとスカートが邪魔をするに違いない。そう思い直してすぐに家へと引き返し、鎖を繋ぎ止めている錠をこじ開けられるような鍵代わりになる物を探しに、地下室の道具部屋へと急いだ。

ワインセラーでもある地下室は、ひんやりとして少し湿った空気が満ちている。手持ちのランプで足許を照らして道具の入った大きな木箱の前へ来ると、ランプを壁に吊して金物を物色していたのだが――。

「蔓薔薇《つるばら》を固定する針金があった筈なのに……」

「そんな物は捨ててしまったよ」

「きゃあぁっ⁉」

背後からいきなり返事があったと思った時には、後ろからギュッと抱きしめられていて、あまりに驚きすぎたリュシエンヌは悲鳴をあげた。慌《あわ》てて振り返ってみればエリクがいて、遅れてシリクも階段を下りてくるところだった。

「すごい悲鳴だな。地下で良かった、上にいたら村人が驚いて駆けつけて来てもおかしくない悲鳴だよ」

「驚かせるつもりはなかったんだけどね。リュシーが必死になっていたから、そっと声をかけたつもりなんだけど」

クスクスと笑い合って話しているが、気配を殺して近づいて来ただけでも充分に質《たち》が悪い。そんな兄達から距離を置きたくて、リュシエンヌは身を捩《よじ》ってエリクの腕から逃れた。

幸いにして緩く抱きしめられていた事もあり、あっさりと逃げられたが、階段はシリクに塞《ふさ》がれている為、リュシエンヌはワインセラーへと逃げた。

樽《たる》とワインが貯蔵してある棚、そして中央に木のテーブルがあるだけの石造りの部屋に、もちろん外へ通じる出口などない。

「……っ…」

追い詰められる形となったリュシエンヌは、でこぼことした石の壁に背を預け、余裕の表情で近づいてくる兄達と対峙《たいじ》した。

「家の扉が半開きだったから、賊が入り込んでリュシーが襲われているんじゃないかと心配したよ」

「私を襲おうとする人なんて、お兄様達しかいないわ」

白々しくも心配げに言ってくるシリクに負けじと言い返すと、兄達は顔を見合わせて笑った。それがどう見ても共犯者が示し合わせているようにしか見えないのは、リュシエンヌの気のせいだろうか？

もう兄達がなにを考えているのか、信頼を裏切られた今となってはさっぱりわからない。

「わかってないね。村の若い男達はみんなリュシーに夢中だよ」

「そんな事どうでもいいわ。それよりどうして門を閉ざしたの？　閉ざすなら私にも鍵をちょうだい」

「それは出来ないよ」

「……どうして？」

答えを聞くのが恐かったが、訊かずにはいられずに兄達を見上げた。ランプの明かりしかない地下室では、兄達の影が天井まで伸びて、まるでリュシエンヌを頭からのみ込みそうなほどの威圧感があり、なんだか息苦しかった。それでも凝視《みつ》め続けて答えを待っているリュシエンヌに、兄達がまた一歩近づく。

「来ないでっ！」

壁に張り付き警戒も露《あら》わに声を荒らげても、兄達は聞こえていないとばかりに、なんの示し合わせもしていないのに、左右からリュシエンヌの腕を掴んで引き寄せる。そしていつもと同じように頬へキスをしてきた。ただ、いつもと違うのは、キスをしたあとも腰を掴んで放さない事と、キスを受けたリュシエンヌの気持ちだ。

兄達が心底恐ろしく、身を捩って離れようとしても、シリクもエリクもリュシエンヌが暴れれば暴れるほど腰に指を食い込ませてきて、パニックを起こしそうだった。

「なんでそんなに震えているんだい？」

「オレ達に怒られるような事をしたの？　たとえば、この屋敷から逃げようとか？」

「……っ……!?」

シリクの言葉に思わずびくり、と反応して動けなくなってしまった。兄達の顔を見上げるのも恐ろしく、テーブルに置かれたランプの炎を凝視めたままでいると、エリクに顎《あご》を取られて兄達と見上げる事を強要される。

「やはり逃げるつもりだったんだね……」

「オレ達が嫌いになった？」

「……それは……」

はっきりと訊かれて言葉に詰まった。嫌いかと訊かれても、嫌いという訳ではない。ただ、豹変《ひょうへん》して自分に愛を囁《ささや》いて過《あやま》ちを平気で犯す兄達が恐ろしいだけだ。

「愛しているよ、リュシー」

「オレもリュシーを愛してる」

「わ、私も愛しているわ……愛しているけれど、それは家族として愛しているだけだわ」

首を横に振って本心を吐露《とろ》しても、兄達の抱く力は変わらない。それどころか互いに笑い合って、リュシエンヌの耳許へ顔を寄せてくる。

「だったらなぜ、昨日はあんなにも奔放《ほんぽう》に感じたんだい？」

「リュシーもオレ達を愛していなければ、初めてであんなに感じる訳がないんだよ」

「え……」

囁かれた言葉に驚いて、兄達を凝視めたまま動けなくなった。

愛していなければ初めてで感じる訳がない――。

ここ数日、兄達によって身体を徐々に拓かれ、感じてしまった自覚はある。それがまさか自分も兄達を愛しているからだったなんて、いきなりそんな事実を突きつけられても、ショックが大きすぎて上手くのみ込めない。

しかし、そうなのだろうか？

自分も愛しているから、あんなに感じてしまったというのだろうか？

知らぬ間に自分も兄達を男性として愛していただなんて――。

「それともまさか、リュシーは村の若い男が襲ってきても、あんなに感じてしまうの？」

「そんな……そんな事ないわ」

他人を引き合いに出され、それにはすぐに否定したが、そうなると余計に兄達を受け容れてしまった事実を肯定してしまう結果となり、だんだん混乱してきた。

他人とあんな事をするなんて、考えただけでも肌が粟立《あわだ》つ。しかし兄妹で姦淫《かんいん》に溺《おぼ》れるのは、いけない事なのだと教会で教えられてきたのに、兄達の愛撫《あいぶ》に怖気立つどころか感じてしまった自分もまた、兄達を男性として愛しているからなのだろうか？

　わからない。わからないけれど、あった事実をない事には出来ない。それでもまだ抵抗感があり、首を振る事しか出来ずにいると、兄達がギュッと抱きしめてくる。

「もうわかっているだろう、リュシー。リュシーもオレ達を愛している事が」

「けれど、兄妹でなんて……やっぱりいけない事だわ」

「いけない事ではないよ。問題は愛し合っているかどうかだ。愛し合っているのなら、教えなど気にする事はない」

「いいえ、いいえ。私はお兄様達を……――」

　家族として愛しているだけだと言おうとしたが、だったらあんなに感じてしまった自分をどう説明していいのかわからずに口を閉ざした。きっとどんなに言い募っても、堂々巡りになってしまうだろう。しかし素直に受け容れる事はどうしても出来ずに、身体を捩って逃げようとしたが、その途端にエリクがリュシエンヌの口唇にキスをした。

「んっ……んん、ん……」

　いきなりだった事もあり諾々と受け容れてしまった。しかもエリクは初手からいきなり深いキスを仕掛けてきて、リュシエンヌの舌を搦《から》め捕り、思いきり吸っては口腔をざらりと舐めて、リュシエンヌがどうしても感じてしまう場所をくすぐるように舐めてくる。

「ぁ……ん、ふ……っ……ん、んんっ……」

　とっくに見つけられてしまっている弱い箇所に舌がひらめく度、肩がぴくん、ぴくん、と跳ねてしまう。強ばっていた身体からも力が抜けてきたが、それでも抵抗しようとエリクの腕に強く摑まって引き離そうとしても、エリクの口唇はリュシエンヌが身体を仰《の》け反《ぞ》らしてもついてきて口腔を舐める。

思わずエリクに縋《すが》ってしまうと、くちゅっと音がたつほどに口唇を合わせられ、エリクが支えていないと、自分ではもう立っていられないほどで――。

「ぁ、んふ……っ……」

「フフ、ほらね。そんなに甘い声をあげてエリクのキスを受け容れているんだ。いやだとは言わせないよ」

「んんんっ……んー……っ……！」

エリクが正面からリュシエンヌの口唇をいいように味わっているうちに、背後にまわったシリクが、耳許で毒を吹き込むように囁いてくる。絶望的な気持ちになり、涙が思わずひと筋零《こぼ》れたが、それを拭《ぬぐ》われたかと思うと、シリクが胸元のリボンを外し、ブラウスのボタンをひとつずつ外し始めた。

「んっ、ん……ぁ……」

せめてもの抵抗に首を振ろうとしてもエリクがそれを許してくれず、その間もシリクがボタンを外し、ブラウスの布地を引っぱる。その途端に双《ふた》つの乳房がぷるん、と溢れ出し、下から掬《すく》い上げるようにして揉みしだかれ、尖《とが》り始めた乳首を強調するように強く摘まみ出されたかと思うと、エリクの厚い胸板にくにくにと擦りつけられる。

「ぁっ……ん、んんんっ……ゃあ……あ……」

キスでさえ感じていたのに、乳房を揉みしだかれながらエリクのシャツに乳首を擦りつけられるのはたまらない刺激で、ただでさえ力が抜けていた身体はあっという間に蕩《とろ》けてしまい、その場に頽《くずお》れてしまいそうだった。

「甘い声を出してどうしたの、リュシー？　いやならそんなに淫《みだ》らな声は出ない筈だよ。エリクのキスが好いの？　それとも……こうやってオレに乳首を弄《いじ》られるのが好い？」

「ぁ……あ、あぁ……あ……」

こうやってと言いながら摘まみ出した乳首を上下に操られ、エリクのシャツに擦りつけられているうちに、身体がぴくん、ぴくん、と跳ねるほど気持ちよくなってしまった。

兄達に挟まれ、淫らな事に耽《ふけ》って感じているのかと思えば、罪の意識に心は抗《あらが》うのに、身体が裏切る事に自分で自分に傷ついた。

「ぁん……ん……ふ、ぁ……」

「ほら、好いって言ってごらん……」

「リュシーなら言えるよね？」

「い、やぁ……！」

やはり、そうなのだろうか？

兄達の言うとおり、こんなにも感じてしまうなんて、リュシエンヌ自身も気づいていなかっただけで、兄達を男性として愛していたというのだろうか？

でなければ説明がつかないほどに、身体が淫らに反応してしまうのを止められない。

いけない事だと頭では思うのに、情熱的なキスと胸を愛撫されているだけで、秘所も潤《うる》み始めてしまっている事が、なによりも兄達の言葉を証明しているように感じてしまう。

――共に堕ちてくれるね――

兄が当たり前のようにリュシエンヌも堕ちる事を確信した言い方をしたのは、リュシエンヌ自身、気づかなかった気持ちをとうに知っていたからなのだろうか？

わからない。わからないけれど、兄達に感じてしまっている時点で、自分も同罪な事だけはわかった。そして罪を自覚した途端、足許から崩れていくように身体から力が抜けてしまい、気が遠くなった。

「おっと。エリク、リュシーが気を失う。そろそろやめておけ」

「……フフ、素直でなにも知らなくて可愛いよ、リュシー……」

チュッとキスをしてエリクが離れていくのがわかったが、もう逃げる気力すら残っておらず、シリクに身体を預けたままリュシエンヌは意識を手放した。

† † †

下肢にじわじわとした温かさを感じ、またその逆に肌寒さも覚えてリュシエンヌは意識を取り戻した。目をうっすらと開いてみれば、石の天井がランプの明かりにちらちらと揺れているのが見える。

まだ地下室にいるのだと思いつつ、ぼんやりとしながら目を擦ろうとしたが、どういう訳だか手が動かず、そこでハッと正気づいた。自分の感覚を追ってみると、頭上にまわされた手首にタオルが巻かれ、さらになにかロープのような物で縛られているようで、びくともしない。両の脚も膝で折られて手首同様に縛られている無防備な格好になっている。背中に感じるのは硬い木の感触で、自分が地下室のテーブルにあられもない格好で寝かされているのがわかった。

しかも一糸纏《まと》わぬ姿で、だ。

ぱっくりと開いた秘所に温かさを感じるのはどうしてなのか首を上げて見てみれば、秘所を照らすようにランプを置かれているからだった。

「うぅ……」

束縛から逃れようと少しでも暴れたら、ランプがこちらに倒れてくるかもしれない恐怖に、抵抗らしい抵抗も出来ずにいると、リュシエンヌが意識を取り戻した事に気づいた兄達が左右から見下ろしてくる。

「やぁ、リュシー。気がついたかい？」

「シリクお兄様、エリクお兄様……どうして？　これはいったいどういう事なの？」

「見てのとおりさ。オレ達から逃げようとした罰だよ」

「反抗的な悪い子にはお仕置きが必要だからね」

「そんな……」

　兄達の徹底的なまでの仕打ちに言葉を失った。手足の自由を奪われるだけでも充分なのに、そのうえ少しでも抵抗を許さないとばかりに、秘所を余すところなく照らすようランプを置くなんて、あまりにも酷すぎる。

　意識すればなおさら秘所がひくひくと疼《うず》き、また薄暗い闇の中、秘所だけが煌々《こうこう》と照らされているのは、まるで秘密を強調されているように感じてしまう。

「お願い、お兄様……ランプを、ランプをどけて……熱いの」

「火傷《やけど》するほど熱くないだろう。むしろ温かくて気持ちいいんじゃないか？」

「リュシーの一番恥ずかしい場所がキラキラ輝いて、とても美しいよ。今もシリクとそれを凝視めながらワインを飲んでいたところさ」

「いやっ……！」

意識を失っている間中、秘所を煌々と照らされて、それを見られていたなんて、想像だけで羞恥《しゅうち》にまた意識を失ってしまいそうだった。しかし都合良く意識を失う事も出来ず、兄達に不自由な身体をじっくりと眺められる。

「お願い、見ないで……」

リュシエンヌは消え入りそうな声で懇願《こんがん》したが、兄達がやめてくれる訳もなかった。

こんなにはしたない格好を兄達に見られている——そう思うだけで肌が火照り、胸の頂《いただき》がツン、と尖ってくる。それを兄達は見逃す筈もなく、左右の乳房へ手が同時に伸びてきて、ゆっくりと揉みしだかれる。

「あぁ、シリクお兄様、エリクお兄様……やめて、やめて……」

「本当にやめてほしいのかい？」

「フフ、まるで天鵞絨《ビロード》のような感触で素晴らしいよ……」

「んぅ……いや、いやぁ……！」

せめてもの抵抗に首を横に振ってみたが、兄達の手が止まる事はない。乳房の柔らかさを確かめるよう大きな手が胸に食い込むほどに摑んできて、円を描くように揉みしだくのだ。右はシリク、左はエリクに揉みまわされると、その度に甘えるような息が洩れる。

「ぁ、ん……ん、ふ……ふぁ……」

尖り始めた乳首をエリクにそっと撫《な》でられ、シリクに摘ままれる愛撫を加えられるようになる頃には、甘えるような息ではなく、淫らな声が溢《あふ》れ出た。

「あぁぁあん、だめぇ……そんなにしたらだめぇ……」

「オレとエリクのどちらに感じているんだい？」

「もちろん意地悪なシリクより、オレのほうが好いだろう？」

「あぁ、どちらもだめ。だめなの……」

　エリクのくすぐるような愛撫に堪えきれず胸を反らせると、シリクに乳首を摘まみ出されて引っぱられるのがたまらない。兄達はどちらがより感じるのか興味があるようだが、どちらも絶妙なタイミングで愛撫を仕掛けてくるので、どちらが好いかなんてわからない。

　そのうちに兄達は指で弄るだけでは飽き足らず、どちらからともなく無防備に曝《さら》されたリュシエンヌの乳房に吸いついてきた。

「あぁん、あっ……あ……」

　舌先で上下にくすぐられ、もう片方も舌を巻き付けられて、そしてほぼ同時に音をたてながら吸われる。片方だけならまだしも、両方の乳首を吸われるのはたまらなく気持ちよくて、吸われる度に胸が反り声が洩れてしまう。

「あん、シリクお兄様ぁ……咬《か》んじゃだめ……あぁっ、エリクお兄様もだめぇ……！」

　舌で転がすようにしながらシリクに甘噛みされて感じてしまうと、エリクも負けじと甘噛みをして舌先でそっと撫でてくる。そのどちらにも感じ入ってしまい、身体をくねらせてやり過ごそうとしたが、腰を躍らせた拍子にランプが傾いて、リュシエンヌの秘所に温かな硝子《ガラス》が触れた。

「あぁっ！　ランプがっ……お兄様、あぁ……ランプをどけて……」

腰をくねらせてどうにかランプから逃れようとするが、曲線を描くランプの硝子は、リュシエンヌの濡れた秘所に張り付いたようにヌルヌルと滑るだけだ。

「あん、お兄様っ……熱いの、熱い……お願いだからランプをどけてぇ……」

リュシエンヌが焦りを見せて腰をくねらせる度に、ランプの炎がちらちらと揺れてワインセラーを不安定に照らす。このままではあまりの恐怖に失禁してしまう恐怖に泣き出してしゃくり上げると、兄達はようやく顔を上げた。

「ランプをどけてあげたら、オレ達を受け容れるかい？」

「そ、それは……」

「受け容れないというのなら、このままだ」

恐ろしい事を言いながら笑い合う兄達なら本気で実行しそうな気がして、涙を浮かべながらリュシエンヌは二人を凝視めた。兄達を受け容れるという最大の禁忌《タブー》を犯す事を、リュシエンヌの口から聞くまでは、きっと兄達は許すつもりはないのだろう。その証拠にシリクは、ランプをわざと押しつけてきて——。

「あぁあ！　熱い、熱いの……！」

「フフフ、熱いだけではないようだけど?」

「綺麗だよ、リュシー。けれどシリクがこのまま放っておく前に素直になったほうがいいと思うよ。そうしなければ、医者にここを見せる事になってしまう。その時にどうしたのか訊かれたら、リュシーはどう答えるつもり?」

「あぁん……!」

リュシエンヌは腰を振りたてながら、首をいやいやと振った。兄達に淫らな悪戯《いたずら》をされたと医者に告白したら、たちまち村中の噂になってしまうに違いない。かといって自ら秘所を悪戯する遊戯《ゆうぎ》に耽っていたと答えても、噂になる事だろう。

どちらにしても外部の人間に知られる事は、あってはならないのだ。兄達と秘密を共有してしまった今、リュシエンヌに残された道はふたつしかない。

どんなに身体を苛《いじ》め抜かれようと兄達を拒否するか、素直に兄達に従うかのどちらかだ。

しかしリュシエンヌも兄達を愛しているから感じているのだと教えられたばかりで拒否したとしても、兄達が許さないだろう。そしてなにより無防備に開かれた粘膜にランプを近づけられている今の状態は恐ろしすぎた。きっとリュシエンヌが受け容れると言わなければ、狂気に走った兄達は、本気で秘所を火傷させそうで——。

「さぁ、リュシー? どうしたいんだい?」

「答えなければこのままだと言った筈だよ」

「あぁ、許して……お兄様たちの言うとおりにするから、ランプをどけて」

最後《さいご》通牒《つうちょう》を突きつけられて、リュシエンヌは自らの口でとうとう認めてしまった。その途端に涙が零れ、後戻り出来ない茨の道へ向かうとわかったが、世間知らずで兄達に守られながら育った初心《うぶ》なリュシエンヌに、秘所に熱を押しつけられる恐怖の中、それ以外どう返事が出来ただろう。

しかし兄達と共に禁忌を犯す事にはまだ躊躇《ためら》いがあり、まるで壊れた人形のように身体を投げ出して涙を流し続けていると、リュシエンヌの愛液に濡れたランプを天井に吊り下げた兄達が頬にキスをしながら涙を吸い取っていく。

「愛しているよ、リュシー。ランプは遠ざけたからなにも恐れる事はないよ」

「オレも愛してる。気持ちいい事だけしかしないから、そんなに怯《おび》えないで」

優しく囁かれたが、そういう事ではない。リュシエンヌが問題としている点はそこではないのに、兄達は気づいていないのか、それとも気づいていながら敢えて触れずにいるのか、もう兄達の心が読めなくてわからなかった。

その間も兄達の関心はリュシエンヌの秘所へと移っていて、諦めにも似た気分でぼんやりしていたのだが、左右から伸びてきた指に秘玉を捏《こ》ねられて、その鋭い快感に不自由な身体ながらも背を仰け反らせた。

「あぁっ、んふ、あ、あン……」

「リュシーは本当にここが大好きだよね」

「こうやって速く擦られるのが好き？」

「やぁぁあん……！」

二人で競うように濡れた秘玉を捏ねては、どちらかの兄が秘玉を剝き出しにして、そこを撫でると、もう一方の兄は泉のように溢れ出す愛液を掬い、くちゅくちゅと音をたてながら蜜口を撫でては、指をそっと挿入する。

「あっ……あぁん、んっ……ふ、ふぁっ……」

どちらの兄の指にも感じてしまい、淫らな声が口から衝《つ》いて出る。腰もくねるように動いてしまい、それに煽《あお》られたように兄達の指も大胆さを増していった。

「気持ちよさそうで嬉しいよ。ね、オレとシリク、どっちが好い？」

「オレに決まっているよね」

「あん、わかんな……あぁぁあ……」

どちらの兄がより好いかなんて比べられないくらい気持ちよくて首をふるふると振った。

秘玉への鋭い快感と、媚壁《びへき》を擦られて身体の奥底から湧き上がる快感を同時に味わわされて、あっという間に上り詰めてしまいそうだった。

「リュシーは敏感だからどちらも気持ちいいんだね」

「ならばもっと気持ちよくしてあげるよ」

「………？」

これ以上の快感などあるというのだろうか？

わからないながらも胸を上下させて兄達をぼんやりと見上げると、顔を見合わせた兄達が秘所を弄りながらも同時に左右の乳房に啄《ついば》んだ。

「やあぁん、あぁっ……だめ、だめぇ……そんなにいっぱいだめぇ……！」

鋭敏に感じてしまう箇所をすべて愛撫されて、リュシエンヌは髪を振り乱しながら悶《もだ》えた。まだ男女の秘め事を知ったばかりの身体だというのに、この世にこれほどまでに強く淫らな快感があるなんて知らなかった。

二人がかりで愛されなければ知らずにいられたのに、禁断の快楽を知ってしまった身体が、大袈裟なくらい跳ねる。胸からも秘所からもくちゅくちゅと音がたち、そのあまりの気持ちよさに心がついていけずにおかしくなりそうだ。

「いやぁ……い、やあぁ……やめて、やめてぇ……！」

限界を迎えそうな身体を押して懇願したが、兄達はやめようともせず、凝《しこ》った乳首を解すように転がしては吸い、秘玉を撫で擦りながら媚壁を掻き混ぜるのだ。

「あぁぁん……く、達《い》く……達っちゃう……もうだめぇぇぇ！」

限界を訴える身体が、兄達の手や口唇から逃れようと本能的に逃げを打つ。それでも兄達はどこまでもついてきて、リュシエンヌが最も感じてしまう媚壁の一点を擦りたて、同時に秘玉を押し潰すように撫で、中と外から同時に振動を加える。その瞬間に堪えきれない快感が身体の奥底から突き上げるように湧き出して——。

「あぁぁあぁ……ぁああっ、やあぁん……！」

腰をガクガクと突き上げながら兄の指を締めつけて、リュシエンヌは未だかつてない絶頂を迎えた。その瞬間は息すら止まり、快感以外のなにも考えられなくなるほど頭の中が真っ白になって、腰が突き上げたまま動けなくなった。なのに兄達の指が悪戯に動くと、秘所は痙攣《けいれん》したようにひくひくと蠢《うごめ》いてしまう。

「も、もう……だめ……いや……」

深い余《よ》韻《いん》から逃れるように腰ががくん、と崩れ、速い呼吸を繰り返しながら、これ以上の刺激は無理だと首を横に振ると、兄達は名《な》残《ごり》を惜しむよう秘所を捏ね、凝りきった乳首からチュッと音をたてて離れていった。

それでもまだ触れられていた感触が去らず、リュシエンヌは肌を桃色に染めて深い呼吸を繰り返し、見下ろしてくる兄達をぼんやりと凝視めた。

「ものすごく好い顔をしているね」

「綺麗だよ、リュシー。そんなに気持ちよかったの？」

「いや……まだ触らないで……」

ごく自然と肌に触れられるだけでも身体がぴくぴくと反応してしまうほど、今は全身が性感帯となっている。息もまだ整わず、腰も不意にびくん、と揺れてしまう。

　そんなリュシエンヌの淫らな様を見て、兄達が顔を見合わせて笑っているのが、どうしようもなく恥ずかしい。

　一人だけならまだしも、二人同時に責められると、こんなにも深い快感を覚えるなんて。とても気持ちよかったが、強すぎる刺激はつらいほどだった。今はもう二人がかりで身体をいいようにされるのがきつすぎて、このまま目を閉じて眠ってしまいたかったが、それを許してくれる兄達ではなかった。

「こら。まだ眠る時間ではないよ」

「ん、いや……寝かせて……」

　頬をひたひたと軽く叩かれたが、むずがるように首を振り、もうこれ以上の行為を拒絶しても、秘所を無防備に曝した格好では拒否しようがなかった。

「あぁ、もういや……」

　強すぎる快感に達った秘所に息づく陰唇《いんしん》は、まるで兄達を誘うようにぽってりと膨《ふく》らみ、蜜《みつ》をたっぷりとたたえていて、まるで朝露に濡れる薔薇《ばら》の花弁のように淫らだった。触れればすぐに応えて蜜口をひくひくと収縮させる様を見せつけられて、リュシエンヌを心から愛しているシリクとエリクが奮わない訳もなく、エリクが息づく蜜口へと指を挿し入れ、中を探るように指を動かす。

「あん、んっ……ふ……いや……もうだめ……」

口ではいやだと言っていても、触れられてしまえば甘えた声がどうしても洩れてしまう。開ききった秘所からも、ちゃぷちゃぷと呆れるほど淫らな音がたち、そんな自分に嫌気が差してただされるがままでいると、不意にエリクが指を引き抜いた。

「もう大丈夫そうだよ」

愛液にまみれた指を舐めながら、エリクが何事か呟いた。平然と自ら溢れた体液を舐めるエリクが信じられなくて、頬を熟《う》れさせて目を伏せていると、上半身も露わなシリクがリュシエンヌに覆い被さってくる。

「リュシー、リュシー？　そのまま力を抜いているんだよ」

「んっ……なに？　熱いわ……」

またランプを近づけられたのかと思うほど、秘所に熱さを感じておののいたが、覆い被さるシリクはリュシエンヌの頬にキスをしてリラックスを促す。しかし逞《たくま》しい上半身を露わにしたシリクが覆い被さり、裸の胸を合わせているかと思うと、なにやら落ち着かない気分にさせられて身体を捩ろうとしたが、その瞬間に両膝に手をかけられて熱い塊《かたまり》を秘所に押しつけられた。

「あぁっ……」

灼熱《しゃくねつ》が体内へゆっくりと押し入ってくるのに合わせ、胸を焦がすようなせつなさと苦しさを感じ、その時になってリュシエンヌは初めてシリクに純潔を奪われている事に気づいて愕然《がくぜん》とした。

「シリクお兄様っ……あぁ、兄妹でなんて事を……」

「今さらだよ、リュシー……わかるかい？　オレはちゃんと届いてる？」

「あぁっ……ぁ……」

軽く揺さぶられた途端に苦しくて苦しくて、呼吸をするのさえ恐くなってしまった。少しでも抵抗したらもっと苦しくなりそうで、痺《しび》れる四肢を動かす事すら出来ず、リュシエンヌは涙した。

あれだけ拒んでいたのに、兄妹の一線は想像以上にあっさりと越えてしまった。いっそ結ばれた途端に雷に打たれて罰を受けられたら良かったのに、神様はどうして兄妹で契《ちぎ》ってしまっても、なんの罪も与えないのだろう。あまりにも簡単に受け容れてしまった自分にも酷いショックを受けて、心の一部が欠けてしまったような気分に陥った。

（あぁ、それこそが罰なのかしら……）

心が欠けて兄に穢されたという十字架を背負う事が、神様が与えた罰のように感じた。ならばそれを甘んじて受けて罪を贖っていこうと思ったが――。

「あ……？」

隘路《あいろ》を隙間なく埋め尽くすほど最奥へ入り込んでいるシリクが、ジッと動かずにいたせいだろうか。まだ苦しさはあるもののその苦しみにも慣れが生じ、媚壁が意図せずひくりと蠢いた瞬間、せつなさでいっぱいだった胸の奥で、疼《うず》くような甘さを感じた。

「フフ、素敵だよ、リュシー……オレを受け容れて悦《よろこ》んでいるんだね」

「そんな……そんな事な……っ……あぁっ、あっ……あ……いやぁ……！」

否定しようとした途端にずくずくと突き上げられて、最奥に届く度に淫らな声が洩れてしまう。胸の奥で甘く感じた感覚も突き上げられる度に強くなるようで、リュシエンヌは戸惑いながらも首を横に振った。

しかしシリクは戸惑いに瞳を揺らすリュシエンヌの表情を凝視め、腰を進めてきては、媚壁の狭さとひくつく様を愉しんでいるようにリズムを刻む。

「あぁ、この日を何度夢見た事か……リュシーの中は想像よりも熱く締めつけてきて、とても気持ちいいよ……」

「いやぁぁぁん……あぁん、んあっ……あ、あっ、あっ……やめて、シリクお兄様……苦しいの、そんなに揺さぶらないで……」

「そんなに甘い声でお願いされても聞かないよ。もう苦しいだけではないのだろう？　リュシーが大好きなところをいっぱい擦ってあげるからね……」

「いやあぁ……っ！」

とうにシリクに見つけられている最も感じてしまう場所を擦りたてられ、苦しさよりも甘さが勝った。その途端に媚壁が甘く蕩け、それに合わせてシリクの動きも速くなり、双つの乳房が上下するほど烈しい出入りをされて、突き上げられる度に猥《みだ》りがましい声が洩れるのを止めらずにいたのだが――。

「そんなにシリクは好いの？　処女を奪われたばかりなのにそんなに感じきった声をあげて。悔しいな、どうしてあの時、裏を選んだんだろう」

「やぁん、エリクお兄様ぁ……」

　上下に揺れる乳房をエリクに捕らえられ、乳首を摘まみ上げられた。凝りきった乳首を指先でクリクリと揉みほぐされながら、シリクに媚肉《びにく》を捏ねられると、困惑するほど気持ちいい。そのまま兄達の下で喘《あえ》ぎ続けているうちに、不服そうなエリクにシリクは息を弾ませながらもニヤリと笑う。

「コインの掟《おきて》は絶対だ……裏を選んだエリクが悪い。あぁ、胸も気持ちいいんだね、リュシー……すごい締めつけだ……っ……」

「あん、んっ……あっ、あんん……」

　シリクに感じ入った声で囁かれたが、もはや声にならず喘ぐ事しか出来なかった。

　しかしひとつだけわかった事がある。何事も競い合いながらも仲のいい二人は、なにかを決める時に揉めそうになると、コインの裏表で決着をつけて喧嘩《けんか》をしないよう協定を結んでいるのだ。

リュシエンヌにとって、たったひとつしかない純潔を奪う権利も、コインで決めたのだろう。もしかしたら、ここ数日の出来事もコインで決めたのかもしれないが、考えられたのはそこまでだった。エリクと話している間は、ゆったりと動いていたシリクが、再びリュシエンヌの好い場所を狙いすまして揺りたて始めたのだ。

「あぁぁん……ん、んふっ……あん、あぁん……んぅ……」

烈《はげ》しく出入りする度に、ちゃぷちゃぷちゃぷ、と淫らな音が聞こえるほどになり、媚壁を擦られるのがどうしようもなく好くなってきて、腰の奥が熱く燃え立つ。

「リュシー……っ……」

リュシエンヌが感じ入っているのが身体を通してわかるのか、シリクの動きもさらに烈しさを増し、言葉もなく息を弾ませ、リュシエンヌを追い立てる。

「あぁっ、あぁあ……シリクお兄様ぁ……！」

自分の声だと思えないほど上擦った声があがり、奥をつつかれる度にその声がどんどん高くなってきた。縛られている筈の身体も浮き上がるような感覚が襲ってきて、実際に腰が淫らにも高く突き上がり——。

「や、あっ……あぁぁあぁぁあん……！」

灼熱の塊にしか感じない兄の欲望を何度も何度も締めつけて、リュシエンヌは達してしまった。指で弄られた時とも違う深くて焦げつくような快感に身体中が熱くなる。腰もびくん、びくん、と跳ねてしまい、シリクを目一杯に締めつけていると、それに堪えきれないとでもいうように、シリクも熱い飛沫《ひまつ》をリュシエンヌに浴びせる。

「あぁっ……あっ……ぁ……」

　腰を何度も打ち付けられて、その度に最奥へ熱を感じ、リュシエンヌはびくびくっと反応しながらも、絶望に気が遠くなるのを感じた。

「おっと、まだ気をやるには早いよ。次はオレの番だ」

　そのまま目を閉じようとしたが、エリクに頬を軽く叩かれて、意識を失う事すら叶わず、全身で息をしているうちにシリクが出て行き、その代わりにエリクが脚の間に入ってきて、慎ましく閉じようとしていた秘所へ指を差し込み掻き混ぜる。

「あ、あぁん……っ……いや……いや……」

「フフ、かわいそうに。シリクにめちゃくちゃにされてヌルヌルだ。中も柔らかくほぐれて……あぁ、ここが好いの？　すごく締めつけてくる……」

「いや……エリクお兄様ぁ……お願い、もうやめて……」

　息も絶え絶えに願ったが、それでやめてくれるエリクではなかった。

　涙目のリュシエンヌに笑みさえ浮かべて、そのくせ指は容赦《ようしゃ》なく官能をくすぐるのだ。たまったものではなかった。

「いい具合にほぐれてるね。でも感じるとすごい締めつけだ。初めてなのにここまですんなりいくなんて、オレたちは兄妹だから元から身体の相性がいいんだ」

「違う、違うわ……」

兄妹だからこそ身体の相性がいいなんて、あってはならない筈だと、首を横に振って否定したが、エリクに笑われてしまった。

「それじゃ、リュシーはどんな男にも感じる淫らな身体という事？」

「そ、そんな事ないわ」

「それじゃどうしてここまで——感じてしまうんだろうね？」

「あぁぁあぁ……っ……！」

指を引き抜かれたかと思った次の瞬間、蜜壺《みつつぼ》と化したリュシエンヌの中へ、エリクの淫刀があっさりと入り込んできた。ぬるるっと最奥まで一気に埋められて、そのあまりの衝撃に身体が弓形《ゆみなり》に反る。まだ息も整っていなかったところを不意打ちのように挑まれて、息がさらに乱れた。

「……すごいな、想像以上だ……柔らかく吸いついてくるのに、きつく締めつけてきて。自分で奥に持って行こうとしてるの、わかってる？」

「あん、んん……かんない……」

言われている事も訊かれている事も理解出来ずに首を振った。なにしろ初めてだというのに兄達を立て続けに受け容れているのだ。兄達の欲望は熱く大きな塊のようにしか感じられず、自分の中がどんな仕種をしているかなど、考えにも及ばない。

「あん、んんん……あぁん、あっ、あ……」

奥をつつかれる度に媚《こ》びるような声が洩れてしまうが、身体はとうに限界を迎えていた。早くこの身体の中を巡る嵐のような律動と、むずむずとくすぐったいような腰の奥に燻《くすぶ》る熱をやり過ごしてしまいたかった。

しかしリュシエンヌの気持ちとは裏腹に、エリクはもっと愉しみたいらしい。最奥に留まりながら時々、腰を揺すりたててはシャツを脱ぎ、肌を合わせてきた。

「あっ……」

汗ばんでしっとりとしたリュシエンヌの肌を慈しむように包み込み、熟れた頬にチュッ、チュッとキスをして、張り付いた髪を直し、身体のラインを確かめるように撫で下ろしては、乳房を掬い上げながら、凝る乳首にもキスをして——。

「あ、ん……っ……」

先ほどまでとは打って変わり、優しく接する兄に戸惑いを覚えた。愛していると囁かれても反発しか出来なかったが、身体で愛を表現されているようで、そんな時はどう抵抗していいものか。騒ぎ立てても弱みに兄が入り込んでいる事もあり、無駄に身体を捩る事も出来ず、かといってされるがままでいると媚肉がさざめいて、エリクが言ったとおり自分でもっと奥へと誘い込むような動きをしてしまいそうなのだ。

「い、や……んっ、いや……いや……」

けっきょく言葉で抵抗してみたが、自分で聞いても媚びるような声でいやになる。エリクにも傍で見ているシリクにも笑われてしまい、消え入りたいほどの羞恥に涙を流して震えていると、涙を舐め取ったエリクが耳朶《みみたぶ》をそっと甘噛みした。

「なにがいやなんだい？　オレはシリクより優しいだろう」

「いやぁん……いや、いやぁ……」

耳に直接、吹き込むように言われたが、それにも感じてゾクゾクしながらも首を振る事しか出来ずにいるリュシエンヌを見て、シリクがクスクス笑う。

「エリクがしつこいからいやがってるのさ」

「まさか。オレが優しくすると、リュシーの中は敏感に反応しているからね。あぁ、リュシー、そんなにひくひくさせて……たまらないよ……」

「あっ、あぁん……あ、あっ……あぁっ……」

胴震いしたエリクが腰を使って出入りする。エリクの灼熱に慣れて自ら締めつけてしまっていたところを、リズムを刻むようにちゃぷちゃぷと出入りされると、どうしようもなく感じてしまって、奥をつつかれる度に甘ったるい声が洩れる。しかしリュシエンヌの声が上擦ってくると、エリクは抜き差しをゆったりとしたものに変えるのだ。

「んふ……ぅ……」

シリクの時は訳がわからないうちに、苦しみと快感を与えられ、あっという間に上り詰めたような気がするのに、エリクはリュシエンヌが感じ入った声をあげる度に小休止を取り、身体が落ち着いてくる頃合いを見計らって、また烈しく出入りするのだ。

「いやぁ……もうやめて……やめて……」

もう何度目かわからない小休止に入り、達けない身体が焦れったさを感じるようになってしまった。かといって催促するようなはしたない真似などリュシエンヌに出来る訳もなく、首を振る事でもうやめてほしいと訴えた。

「なにをやめてほしいのかわからないな……ね、リュシー。どうしてほしいのか言って」

「いやっ……そんな事……」

「ならばこのままだ。オレはリュシーの中にいたいから、別に言わなくてもいいけど」

「あ……」

ずん、と一度だけ奥を突かれた瞬間、熱い塊にしか感じなかった灼熱の全容がわかった気がした。最奥を撫でられ、僅《わず》かに出入りされると、張り出した部分が媚肉を捏ね、隘路をみっしりと埋め尽くしている茎に自らが絡みついてはもっと奥へと吸い上げる仕種をしているように感じるのだ。意識すればなおさらエリクの淫刀を締めつけてしまい、媚壁がもっとエリクを感じたいと催促しているようで――。

「ん？　リュシー……今ちょっと感じ方が変わったね？　好くなってきたんだろう」

「いやぁ……！」

なにも言わなくとも中にいるエリクには、すぐに気づかれた。それが恥ずかしくて顔を隠すように自らの肩に顔を埋めたが、エリクが含み笑いをしているのがわかる。その間も身体はエリクを欲して媚壁がさざめくのだ。

「あ、ん……っ……」

自らの身体に裏切られた気分になり、ますます消え入りたくなったが、エリクはそれ以上は苛める事はなく、自らの象《かたち》を覚え込ませるよう、ゆったりとしたリズムでリュシエンヌを穿《うが》ち始めた。

「フフ、吸い込まれそうだ……」

「あん、あぁっ、あっ、あ……」

熱い楔《くさび》が抜け出ていく感触も、抜けるギリギリのところでまた押し入ってくる感じも、しっかりとわかる。特にくちゅくちゅと擦りたてながら、最奥をつつかれるのが、どうしようもなく好い。腰の奥で燻り続けていた甘苦しさもはっきりとした快感に為り変わり、奥を突かれる度にリュシエンヌは感じきった声をあげた。

「好い？　リュシー……」

「んん……訊いちゃいや……」

「フフ、好いんだね……リュシーが感じているのが伝わってきて、オレも……」

「あっ、あぁぁん……ん、んぁっ……」

ゆったりと小舟が揺れるような速度で出入りしていたエリクが、徐々に速度を増す。先端の括《くび》れが媚肉を掻き分けて抜け出ては、擦り上げながら戻ってくる感覚に、すっかり馴染んでしまったリュシエンヌの腰も踊るように淫らに動き、終焉《しゅうえん》に向かって行為に没頭していたのだが――。

「オレの時より上手になっているね。エリクを目一杯に咥《くわ》え込んで気持ちよさそうだ」

「フフ、それいいね……」

「あ、やぁっ……シリクお兄様ぁ……これ以上拡げないでぇ……」

見ているだけでは飽き足らなくなってきたのか、シリクが近づいてきたかと思うと、エリクを受け容れている蜜口の輪郭《りんかく》を撫でては、指を潜り込ませてくる。そこをエリクが抜き差しすると、シリクの指が突起のように引っかかり、より気持ちよくなった。

「あぁん、んっ……んぁ……あっ、あ、あっ……やっ、いやぁん……」

しかしただでさえ狭い入り口を逞しいエリクに埋め尽くされて精一杯だったのに、指先がまだ入るなんて信じられない。張り裂けてしまうのではないかと恐ろしくもあったが、指先を埋めたままシリクは昂奮に尖った秘玉にも食指を伸ばしてきて、クリクリと撫でてくる。その瞬間になにも考えられなくなるほどの快美に全身が覆い尽くされて、リュシエンヌはただただ喘ぎ続けた。

蕩けてしまうほどの快感に身体が自然とくねり、シリクの指が抜け出てホッとしたが、すぐに秘玉を捉えられて、エリクの動きに合わせて弄られる。中と外の両方を責められ、限界に腰がびくびくっと跳ねた。するとエリクも堪えきれなくなったのか、リュシエンヌの腰を摑んで最奥をずぐずくと突き上げて――。

「あ、あぁっ……や、あ……あぁぁあぁぁっ！」

大袈裟なほどに腰がびくん、びくん、と突き上がり、媚壁が収縮を繰り返す。それに合わせてエリクも最奥へ熱を叩きつけるように放ち、官能を味わい尽くして、リュシエンヌの中から出ていった。

「あ、ん……」

それでもリュシエンヌの快感はまだ続き、全身をびくん、びくん、と跳ねさせながら双つの胸が上下するほどの呼吸を繰り返していると、シリクとエリクが左右に立ち、まだ痙攣するリュシエンヌの頬にキスをした。

「初めてからこんなに感じて素敵だったよ、リュシー」

「これでもうリュシーはオレ達だけのモノだからね」

「愛しているよ」

「オレも愛してる」

囁きながらまたキスをされたが、いくら愛を囁かれても、純潔を捧げたからといっても、奔放《ほんぽう》に感じてしまっていたとしても、兄達の言葉に応える事はやはり出来なかった。その程度の常識は、まだ持ち合わせていた。

とはいってもこれから先の生活を思うと、今のように自由を奪われるのは確実だろう。

物理的な意味合いもあるが、精神的な部分でも。同じ過ちを繰り返されるのかと思えば、リュシエンヌには絶望しか残されていないような気がした。

（あぁ、まるで私は…——）

まるで自分は兄達にとっての、禁断の果実のようだ。手にする事を禁じられているからこそ手にすべきではないとわかっているのに、甘いと知っているから却《かえ》って魅力が増して、欲望の対象となっているのではないだろうか？

罪の味を知ってしまった兄達は楽園を追放されるのを承知で、口にしたのだ。

楽園《にちじょう》を追放される事を覚悟していた兄達はいい。けれど、自分は——。

甘い蜜《からだ》をすべて屠《ほふ》られ、楽園にも留まれず、共に堕ちた先でも少しずつ味わわれ、欠片《かけら》すら残らずに食べ尽くされるのだろうか？

「あ……」

その時、身体の中からこぽりと音をたてて、兄達の罪の証《あかし》が溢れ出るのがわかったが、そこまでがリュシエンヌの限界だった。兄達がその様子を余すところなく凝視めているのもわかったが、ぼんやりと目を閉じて、深い闇の中へと堕ちていった。

第四章　蜜色の原罪

　風にのって教会の鐘がのどかに響いてくるのを聞いて、リュシエンヌは麦わら帽子のつばを持ち上げて、ふと庭を見渡した。日曜礼拝の終わりを告げる鐘の音は定刻どおりらしく、庭のハーブや薔薇《ばら》の花に太陽が燦々《さんさん》と降り注ぎ、目に眩しいほどで――その美しくも光に満ち溢れた光景を見て、リュシエンヌはふとため息をつく。

　以前ならばこうやって草花の目線に座り庭を見渡して、新緑や花の蕾《つぼみ》を見つけるだけで幸せな気分になり、気がつけば微笑んでいたのに、あの地下室での悪夢のような一夜が明けてからは、自覚するほど笑わなくなってしまった。

　笑顔を見せなくなったリュシエンヌに、兄達はどう思っているのか、体調を心配する声をかけてきたり、珍しい菓子を買ってきたりするが、まったく心に響かない。そんな事で誤魔化されるほど単純ではない。兄妹で結ばれてしまうという大罪を犯したのに、優しい言葉や甘い菓子で納得出来るような問題ではないのだ。

　しかしリュシエンヌがいくら不機嫌に兄達を避けようとしても、夜になれば兄達が毎日のようにベッドへ忍んできて、リュシエンヌを苛《さいな》むのだ。一人の時もあれば二人同時に来る事もあり、毎夜リュシエンヌは戦々恐々と夜を迎え、眠れない日々を過ごしていた。

　もちろん兄達を喜んで迎え入れている訳ではなく、リュシエンヌなりに扉を開かれぬよう椅子で塞《ふさ》いだり紐でドアノブを固定したりするのだが、その程度のストライキを起こしても、兄達はいとも簡単に部屋へ忍んでくるのだった。

　そして一度、部屋に入り込んだら当然のように愛を囁《ささや》き、リュシエンヌの身体に罪を刻んでいく。そう、罪だ。罪以外のなにものでもない。

　罪を重ねていく毎に、リュシエンヌ自身も罪に染まりきり、兄達の愛撫《あいぶ》に応えてしまう罪深い身体になってしまった。

（それに、きっと……）

　感じている時点で、自分も同罪なのだろう。兄達の愛撫が巧みな事もあるのだろうが、抱かれる度に感度がどんどん良くなっている気がする。しかもあまりに感じすぎて、兄達の灼熱《しゃくねつ》を心待ちにしてしまう時も多々あり――。

（いやっ、私ったら……）

　兄達はリュシエンヌも愛しているから身体が応えているのだと言っているが、本当にそうなのだろうか?

家族として愛していると思い込んでいたが、美しく自慢の兄達を誇らしく思い、猫かわいがりされていた頃から、無意識のうちに自分も異性として愛してしまっていた?

(そんな事……)

まさかそんな事はない筈《はず》だと首を振ったが、だったらなぜこんなにも兄達に感じてしまえるのだろう。それになにより、兄達はいつから自分を愛していたのだろう。

わからない。考えれば考えるほど、思いは堂々巡りになり、迷宮を彷徨《さまよ》ってしまう。鬱々《うつうつ》とした気分にもなり、思わずため息が口から衝《つ》いて出る。

それに近頃では兄達は、感じきってしまうリュシエンヌに、自分の気持ちを素直に認めてしまえばラクだと唆《そそのか》してくるようにもなった。まるでリュシエンヌも愛している事を前提とした言い方に反発しているが、このまま兄達の愛撫に溺《おぼ》れきってしまったら、いつか身体を焦らされて、それに耐えきれず無意識のうちに認めてしまいそうな自分が恐い。

本意でなくとも一度認めてしまったら、いくら身体の欲求に耐えられなくての言葉であっても、兄達は都合良く捉えてリュシエンヌがそのあとどんなに訂正しても無駄だろう。

「……っ…」

今はまだ兄達もリュシエンヌに快感を与えているだけで満足しているが、近い将来、想像したような事態に陥《おちい》りそうで、背筋に冷たいものが走り、思わず立ち上がった時だった。

遠くからリュシエンヌの気を惹《ひ》く口笛が聞こえ、そちらに顔を向けるとジョエルがこちらに向かってやって来るのが見えた。

村の景色を楽しむように、相変わらずのんびりと歩いてくるジョエルが微笑むのを見て、リュシエンヌは不埒《ふらち》な考えが顔に浮かんでいない事を願いながら、門扉へと近づいた。

「やぁ、リュシー。今日も庭の手入れかい？　精が出るね」

「ごきげんよう、ジョエルさんはスケッチにお出かけ？」

何冊ものスケッチブックを手にしているジョエルを見て、久しぶりに微笑んだ。そしてまだ微笑む事が出来る自分に心の中でホッとして見上げると、ジョエルはリュシエンヌの変化にはまったく気づいていない様子で、屈託《くったく》のない笑みを浮かべる。

「ラベンダーが盛りだからね。少し遠出をしてラベンダー畑をスケッチしてきたんだ」

「見せて戴いてもよろしくて？」

「もちろん」

快く頷《うなず》いたジョエルから柵《さく》越しにスケッチブックを受け取ってページを捲ると、そこには優しいジョエルの人柄を表すような、柔らかだが緻密なタッチで、セナンク修道院のラベンダー畑が描かれていて、リュシエンヌは僅《わず》かに苦い気持ちになった。

ほんの数日前に駆け込もうとした清らかなる修道院は、『プロヴァンスの三姉妹』と讃えられるほど美しい修道院で、ラベンダーが咲き誇る今の時季は、画家にとっては最高に絵になる場所だ。だからジョエルの筆が進むのもわかるが、修道院へ辿り着く事が出来なかったリュシエンヌにとっては、なんだか複雑な気分になる。

「あまり気に入らないかな？」

「いいえ、いいえ。とても素敵な絵だわ。他のページも見せて戴いてもよろしくて？」

「あぁ、どうぞ」

慌《あわ》てて笑顔を浮かべて他のページを捲っていくと、ゴルド村の美しい景色がそのまま再現されていて、屋敷から久しく出ていないリュシエンヌは、まるで村を散歩しているような気分になり、次々とページを捲っていったのだが――。

「これは……」

一枚のページで手が止まった。なぜなら、そこに描かれていたのは、この屋敷だったからだ。屋根や外壁の飾りまで正確に描かれた家をバックに、リュシエンヌが丹精込めて育てている草花が生き生きと描かれ、そしてその美しい庭には白いワンピースに麦わら帽子の自分によく似た少女が佇《たたず》んでいた。

「もしかして、これは私？」

「あぁ、いけない。そのスケッチブックに描いてたんだった。バレてしまったから素直に白状するよ。実は遠くからリュシーの姿をスケッチしていたんだ。気を悪くしたかい？」

頭を掻きながら窺《うかが》うように凝視《みつ》められて、おずおずと首を横に振りながらも、そのページを改めて凝視めたが——。

「白いワンピースを着て庭へ出た記憶がないわ」

両親の喪《も》に服す為の黒いワンピースはやめて普段着に戻ったが、兄達に穢《けが》されてからは、なおさら白いワンピースを着る資格などない気がして、敢えて着ないでいたのに、どうして白いワンピースを着た自分が描かれているのだろう？

不思議に思いつつ見上げてみると、ジョエルは少し照れたように微笑む。

「そこはデフォルメして、オレのリュシーに対するイメージで白いワンピースにしたんだ。リュシーのイメージは清らかな白だからね」

「……私はこんなに綺麗じゃないし、清らかなんかじゃないわ」

絵の中の自分が白いワンピースを着て幸せそうに微笑んでいる。ジョエルに描いてもらえたと思えば、以前の自分ならば喜んでいたに違いないが、もうこんなに無邪気な笑顔を浮かべられないし、清らかな白いイメージだと言われても、今の自分にはほど遠すぎる。

「いいや、リュシーは白が断然に似合うよ。スズランの花のように可憐《かれん》だしね」

ジョエルが褒《ほ》め称えてくれればくれるだけ、居たたまれない気分になったが、スズランに喩《たと》えられた事で、思わず自嘲《じちょう》的な笑みを浮かべてしまった。

白くかわいらしいスズランの花は、可憐でありながら、活けた水でも人を死に至らしめるほどの猛毒を持つ毒草である事を、ジョエルは知らないのだろう。見た目は可憐そうでありながら、その実、猛毒を持っているところは、自分に似合いな気がした。

「清らかというのは納得出来ないけれど、スズランみたいと言われるのは気に入ったわ」

「それは良かった。ついでだから見せてしまおうかな。あまり人物画は得意ではないんだけど、オレの初めて描いた人物画があるんだけど」

リュシエンヌが微笑んだ事でホッとしたのか、ジョエルが思わせぶりに言うのに、首を傾げると、ジョエルは使い古したスケッチブックを差し出してきた。今まで見ていたスケッチブックと交換して受け取ってみれば、表紙には七年前の日付が書かれていた。

「最後のページだよ」

言われるがまま最後のページを開いた瞬間、リュシエンヌは目を見開いた。まだ少しぎこちないタッチではあるものの、今の画法と同じ柔らかで緻密《ちみつ》な絵には、クローバーの花畑の中、嬉しそうに花冠をして微笑む幼い頃の自分と、その姿を微笑ましげに凝視めて天使のように微笑んでいる兄達が描かれていた。左右にいる兄達の慈《いつく》しむような笑顔は穏やかそのもので、リュシエンヌもそれにつられて嬉しそうに微笑む姿は、無邪気でどこまでもあどけない。なにより兄達の見せる笑顔は無償《むしょう》の愛に溢《あふ》れていた。それがたとえジョエルの目を通して描かれた世界だとしても、そこには歪《ゆが》んだ物はなにもなく、どこまでも純粋で幸せに満ちた光景で——。

「……っ……」

その絵から伝わってくる清純さに、視界がぼやけて涙が滲《にじ》んだ。

兄達の愛を疑わず、なにもかもが幸せだったあの頃には、もう戻れないのだと思えば余計に泣けてきて、リュシエンヌは慌ててスケッチブックをジョエルへ返して顔を覆った。

絵の世界が美しいだけ、今の関係に陥《おちい》ってしまった自分達の醜《みに》く歪んだ姿が浮き彫りになる気がして、消え入りたくなる。

どうしてこんな事態に陥ってしまったのだろう？

あの頃のようには、もう戻れないのだろうか？

なにも知らずにいられたら、どんなに幸せだった事だろう。しかし兄達の欲望をもう知ってしまった。そして自らの呆れるほど淫《みだ》らな身体にも気づかされた。

なんて――なんて醜くて、穢れきっているのだろう。天使のようだと褒め称えられる兄達も、村一番の美人だとおだてられている自分も。見た目はどうあれ、蓋《ふた》を開けてみれば中はドロドロに腐っているのだ。

「すまない、リュシー。この絵でなにか悲しい事でも思い出してしまったのかい？」

「謝らないで……ごめんなさい、絵が素晴らしすぎてあの頃がどんなに幸せだったか思い出しただけなの……」

もっと様々な思いが巡ってはいたが、嘘は言っていない。本当にあの頃はどんなに幸せだったか、今が今だけにつくづく思って涙が溢れてしまったのだ。それでもジョエルに微笑んでみせたが、泣き笑いの顔が酷《ひど》かったのか、眉根を寄せられてしまった。

「無理に笑わなくていい。確かにあの頃はご両親も健在で、幸せだった頃だ。本当にすまない。考えもなしで見せてしまって悪かった」

「いいえ、いいえ。どうか謝らないで。少し感情が昂《たか》ぶってしまっただけだから……」

「ならば今はまた幸せなんだね？」

ジョエルの言葉に思わず目を伏せてしまった。たぶんジョエルは何気なく問うてるだけなのだろうが、幸せではない今の現状を、笑って幸せだと言い切れる自信がなかった。

それとも、幸せでない今の状況を、吐露《とろ》してしまおうか？

兄達とはまた別に、長兄のような存在のジョエルに打ち明けたら、助けてくれずとも助言をくれるだろうか？

もちろん相手が誰なのかは口が裂けても言えないが、ある罪を犯してしまったと相談したら、ジョエルならきっと親身になってくれる筈。しかし突き詰めて懺悔《ざんげ》していったら、けっきょくすべて話す事になってしまうだろうか？

駆け引きなどした事のないリュシエンヌでは、きっと話を誤魔化しきれない。

「リュシー？」

「……あ、あぁ。ごめんなさい。少しぼんやりしていて」

「気にしてないから大丈夫。けれど、もしかしてなにか悩みでもあるのかな？」

「え……」

咄嗟《とっさ》に否定も出来ずに目を見開いて見上げると、ジョエルは苦笑を浮かべる。

「自分で言うのもなんだけど、今だって伸び悩んでいるのに、七年も前の絵でリュシーが心を震わして涙するほどの力量はない。それでも泣いてしまうほど、なにか思い悩んでいるんじゃないかと思ったんだけど……どうかな？」

無理に訊こうとするのではなく、あくまでもリュシエンヌの意思を尊重してくれている姿勢に、心が揺らいだ。一度は思い直して口を閉ざしたが、寛大な大人のジョエルに打ち明けたら、冷静な判断を下して助け出してくれるかもしれない。一人で悶々《もんもん》と思い悩むより、軽蔑されるのを承知で相談してみようか？

それでもまだ躊躇《ためら》いがあり、ジョエルに縋《すが》るような視線を向けたまま、なにも言えずに凝視めていたのだが――。

「戻って来ないと思ったら、オーベルさんとおしゃべりしてたのか」

「シリクお兄様……」

背後から声をかけられて、びくりと振り返ってみれば、そこにはシリクがにこやかな笑みを浮かべていて、リュシエンヌは自分が現状を打破するチャンスを逃した事を知った。

そうなると現金なもので、相談しなかった事が悔《く》やまれたが、今となっては遅すぎた。

その間もシリクとジョエルはにこやかに挨拶をしていて――。

「これは男爵。リュシエンヌ様を引き留めてしまって申し訳ございません」

「いや、こちらこそリュシーが制作の邪魔をしたのではないですか？」

「いいえ、スケッチの帰りがけだったので、なにも問題ありません」

「ならばちょうどいい。そろそろお茶にしようと思ってたので、よろしければオーベルさんも一緒にどうですか？」

「それはもう喜んで」

　シリクとジョエルがにこやかに会話をしている光景が、なんだか不思議な感じに思えた。なんとなくだが兄達は、ジョエルを少々嫌っているように思っていたが、リュシエンヌの勘違いだったのだろうか？

「ではどうぞお入りください」

　リュシエンヌがすべてを諦めて逃げる気力さえなくなった事もあり、あの鎖と錠《じょう》は施されなくなっていて、今は内鍵だけで閉ざされている。その内鍵を開いてジョエルを招き入れたシリクについて行く形で家へと戻ると、リビングには既に茶器が用意されていたのだが、なぜかカップもミルフィーユも三組しかない。ジョエルもそれに気づいたようで、辺りを見まわしてからシリクに勧められた席に座りながら、疑問を口にする。

「エリク様はお出かけですか？」

「ええ、日曜礼拝のあとの会合に。とはいっても、ご婦人達に乞《こ》われての顔出しですが」

にこやかに笑いながら平気で嘘をつくシリクに驚きつつ、それでも嘘を暴く事など出来ずに、リュシエンヌはお茶の準備をした。

三人で朝食を食べてから、今の今までリュシエンヌは庭仕事をしていたが、エリクが出かける姿など見ていない。ならばエリクはどこにいるのだろうと思いつつも、自分の席に座ったのだが――。

「……っ!?」

椅子に深く腰掛け、テーブルクロスの中へ脚がすっぽりと隠れた瞬間、膝の上に腕らしきものが載ってきた。あまりにもびっくりしすぎて悲鳴もあげられず、恐る恐るテーブルクロスを捲ってみると、そこには人差し指を立てたエリクがいて、悪戯《いたずら》っぽくウィンクしている。黙っていろと合図されたのはわかるが、まるで悪戯盛りの子供のように、テーブルの下に隠れてなにをしているのだろう？

「リュシー、どうかしたのかい？」

「い、いいえ。なんでもないわ」

シリクにマナーがなっていないと暗に声をかけられて、テーブルクロスを慌てて元に戻したが、これでリュシエンヌもエリクの共犯者になってしまった。たぶんシリクもエリクの行方を知っていると思うのだが、ジョエルにエリクが出かけていると言っておいて、なにを企んでいるのだろうかと思いつつ、ティーカップを傾けた。

お茶の時間は穏やかなものだった。シリクの機嫌が良く、ジョエルとの会話も弾んで、リュシエンヌも時々、微笑みながら相槌《あいづち》を打ち、ジョエルのおかげで久しぶりに和やかな雰囲気に包まれてローズティーの香りを楽しんでいたその時、テーブルの下に隠れていたエリクが、不意にスカートをゆっくりと捲り始めて、リュシエンヌはびくっと固まった。

その間もエリクはスカートをどんどんと捲り上げている。

（いや！　なに、なにを……⁉）

混乱しながらも露わになった下肢を恥じて、膝をきつく閉じ、これ以上のエリクの悪戯を阻止しようとしたが、健気に閉じている膝をまあるく撫《な》でては露《あら》わになった脚を撫で上げ、柔らかな感触を愉しむように指をじっくりと這わせてくる。

そこまでされるに至って、リュシエンヌは兄達の意図を察して愕然《がくぜん》とした。

いつになく親しげにジョエルと話すシリクを不思議に思ったが、元々あまり気に入っていないような素振りを見せていたのに饒舌《じょうぜつ》なのは、ジョエルの関心を自分に惹きつける為で、ジョエルがシリクの話に合わせている間に、ジョエルがいる前でリュシエンヌを辱《はずかし》めようとしているのだ。

（あぁ、なんて事……）

兄達のあまりの非道ぶりと、これから受けるだろう恥辱《ちじょく》に目の前が真っ暗になりそうだ。

こんな事なら先ほど、エリクに秘密の合図を送られても合わせなければ良かったとも思ったが、今さら後悔しても遅すぎる。きっと今から騒ぎ立てても、兄達なら下肢を曝《さら》したリュシエンヌを平然とジョエルにばらしそうで。

それでも席を立とうと腰を僅かに上げたが、そのほんの少しの仕種も見逃さず、エリクに腰を掴まれて座る事を余儀《よぎ》なくされた。

「……っ…」

席を立とうとしたリュシエンヌを懲《こ》らしめるように、必死になって閉じ合わせている脚の内側に指を潜り込ませるようにエリクが強く掴んでくる。開脚させられる予感に擦り合わせた膝を左右に揺らして抵抗していたが、ついエリクとの攻防に夢中になるあまり、一見和やかなテーブル上の会話に集中が出来ず、それを見咎《みとが》めたシリクに目を眇《すが》められてしまった。

「先ほどから落ち着かないね。オーベルさんがいらっしゃっているのに、そろそろリュシーも貴婦人としての振る舞いを覚えないと」

「……ごめんなさい」

「いやいや、リュシエンヌ様は充分にお行儀がいいですよ。それにさらに美しくなりましたからね。人物画はほとんど描きませんが、モデルになってもらいたいくらいです」

「おや、オーベルさんはリュシーの味方ですね。良かったな、リュシー、絵のモデルにしてもらうかい？」

穏やかに笑いながらの会話で話を振られて、二人が注目する。その間もエリクと密かな争いをしていたのだが、話題に遅れを取らぬよう思わずそちらに気を向けた時だった。

「あ……」

膝を擦り合わせて力を込めていたが、いくら力を入れるにしても限界というものがあり、エリクは強引に脚を左右に思いきり開いた。所詮リュシエンヌ程度の抵抗など逞《たくま》しいエリクにとっては戯《じゃ》れ合い程度にしか感じていなかったようで、慎ましやかに閉じられていた秘所をあっさりと暴かれ、あまりの羞恥《しゅうち》に頬が真っ赤に熟《う》れる。

「リュシー?」

「わ、私に……モデルなんて……」

エリクの仕打ちに固まっていたがシリクに促され、またお世辞とはいえジョエルにも注目されてしまい、リュシエンヌは誰の顔も見られずに首を横に振った。

頬を染めたタイミングと会話がちょうど合っていた為、秘所を剝き出しにされた羞恥には誰にも――少なくともジョエルには気づかれずに済み、またシリクとジョエルが話し込み始めた事もあり、リュシエンヌは無防備にも開かれた脚を閉じようとしたが、エリクがそれを許さない。それどころか脚の付け根を押さえられてしまい、両の親指で秘所をさらに剝き出しにするのだ。

「――……っ」

普段、外気があたる事など滅多にない陰唇《いんしん》に、息を吹きかけられて肩が縮み上がった。脚の付け根もひくり、と反応してしまい、良くない予感に胸の鼓動が速くなる。

そんなリュシエンヌの怯《おび》えを愉しむように、エリクは親指で開いた秘裂を捏《こ》ねては、時々息を吹きかけ、秘所がひくひくと反応する様子に満足しているようだった。その間もシリクとジョエルの会話は弾み、リュシエンヌもぎこちないながらも笑顔を作り、会話に混ざった振りをしていたが、左脚の付け根を押さえていたエリクの手が脚の柔らかな内側を撫で下ろし、膝を再びまあるく撫でてからギュッと摑んだ——次の瞬間。

「……っ!?」

エリクが膝に熱烈なキスをして舌でくすぐってきた。ぬめった舌の感触に思わず笑顔が強ばり、カップとソーサーがカチャカチャと音をたててしまいそうになり、リュシエンヌはお茶を飲む事すら出来なくなった。精一杯に平静な振りをして茶器を慎重にテーブルへ置き、話に聞き入る振りをしながらも左脚を閉じようとしたが、エリクに膝を摑まれて再び開かれてしまう。

（いや……いや……！）

心の中が悲鳴をあげていたが、エリクの舌は虫が這《は》うような速度で、ゆるゆると脚の内側を舐め上げていく。向かう先は当然、開かれた秘所なのは違いない。いきなり舐めなかったのはリュシエンヌに悲鳴をあげさせない、エリクなりの心遣いなのかもしれないが、

そんな気遣いをするくらいなら、今すぐやめてほしかった。

　しかしゆっくりとだが確実にエリクの舌は秘所へと向かっている。その瞬間が来た時、自分がどうなるかわからずに、リュシエンヌは落ち着かない心持ちになった。

（あぁ、もうだめ……！）

　ギリギリのところまでエリクの舌が這ってきた時は、さすがに脚が意図せず閉じる仕種をしたが徒労に終わり、舌が僅かに湿っている蜜口に押しつけられた。そしてそのまま陰唇を舐め上げられ、秘玉をつつかれて音をたてずに吸い込まれる。

（あぁっ……いやぁ！）

　息をヒュッと吸い込んだが、声をあげずにいられたのは不幸中の幸いだった。それでもジョエルがいる前で、腰が蕩《とろ》けるほどの快感を覚えてしまった自分に嫌気が差す。エリクの舌がひらめく度に秘所がひくり、ひくり、と心地好さに蠢《うごめ》いてしまい、ねっとりと舐め上げられると愛液が溢れ出てくるのだ。

　シリクは相変わらず饒舌で、ジョエルの気を惹きつけているので気づかれていないが、堪えきれずにテーブルクロスを握りしめ、リュシエンヌは身体を小刻みに震わせた。

（いや、だめ……もう、もう……だめぇっ！）

　ただでさえ秘所を舐められるだけでもあっという間に上り詰めてしまうというのに、そのうえジョエルがいる事で声もあげられずに我慢など出来ない。しかもこのままではテーブルの下でなにをされているのか気づかれなくとも、淫らな香りには気づかれてしまうかもしれない。

　なにより声は理性で我慢しているが、官能をくすぐられると深い息が口から衝いて出て、額には汗がうっすらと浮かび、顔も紅潮し続けたままで、あと少し刺激を加えられたら、なにも知らないジョエルの前で絶頂を迎えてしまう。それだけはなにがあっても避けたかった。

「ところで先ほど、リュシーがスケッチブックを拝見していたようですが？」

「えぇ、そうなんです。ちょうどセナンク修道院のラベンダー畑をスケッチしてまして。ついでにリュシエンヌ様を描いたスケッチも見つかってしまいましたが」

　照れくさそうに頭を掻いて言うジョエルに、シリクは興味を持ったようにテーブルへ身を僅かに寄せた。

「ほう、リュシーを題材に？」

「えぇ、無断で申し訳ございません。ですが、リュシエンヌ様ほど清純で美しく、このゴルド村の美しさをを象徴しているような存在はいませんからね。可憐な姿をどうしても描き留めておきたくて」

「フフ、清純で可憐なゴルドの象徴、ですか……」

　微笑みながらシリクがこちらへ視線をチラリと向けて、またジョエルに向き直った。

しかしその視線だけで、羞恥に燃え尽きてしまいそうになった。テーブルの下ではエリクに秘所を舐められて感じているというのに、清純で可憐が聞いて呆れる。シリクはそう言いたいに違いなかった。

ジョエルはそれでも気づかずに、リュシエンヌがいかに真っ白な存在かシリクに熱弁をふるっているが、もしも下肢も露わに、客人のいる場で兄に秘所を舐められて感じている淫らな今の姿を見たら、どんな反応をするだろうと思うだけでゾッとして、絶対に知られる訳にはいかないと思った。

（いやっ……私は真っ白なんかじゃないわ……エリクお兄様に悪戯されて穢れているのに、そんなふうに言わないで！）

一度は兄達との関係を相談しようとも思ったが、ジョエルにこんなに生々しい場面を知られるのは絶対にいやだ。知的な大人で優しく寛大で、リュシエンヌを白く清純な存在だと言い切ったジョエルに、こんな淫らな姿を見られたら、もう生きていけない。だからエリクにどんなに悪戯をされても、お腹に力を込めて堪えていると――。

「リュシー、もしかして気分が悪い？」

感じている息遣いはもはや隠せないところまできていて、今ようやく気づいたというようにシリクが声をかけてくる。それにつられてジョエルが注目する前に、淫らに歪んだ顔を隠すように、リュシエンヌは顔を両手で覆った。

「……ええ……気分が……気分が悪いの……」

エリクの舌の動きに合わせて身体をひくつかせながら、それでもジョエルには顔を絶対に見せずに震える声で訴えた。肩で息をする姿はなにも知らないジョエルには、よほど具合が悪そうに見えたのか、慌てて席を立つ気配がわかった。

「男爵との会話に夢中で気づかなくて悪かったね。退散するからゆっくり休むといい」

「……ごめんなさぃ……っ…」

エリクがまだ悪戯を仕掛けている為、声を出したら変になりそうで、たったひと言だけ謝るのが精一杯だった。

それでもジョエルはあくまでもリュシエンヌの容体を心配してくれているようで、顔を隠したままの謝罪でも気にもせずに、扉へと向かっていく様子がわかった。

「申し訳ない、オーベルさん。引き留めてしまいましたが、リュシーがこのような状態なので見送りも出来ませんが……」

「いえ、こちらこそ長居して申し訳ございませんでした。勝手に帰りますので、気にせずリュシエンヌ様を早くラクにしてあげてください」

「それはもちろん。とても有意義な時間でした」

「こちらこそ。では」

握手を交わして足早に去って行くジョエルが家の扉を開閉する音を聞き、リュシエンヌは覆っていた手を下ろし、庭を出て行くジョエルを窓から見ていたシリクを睨《にら》んだ。

「酷いわ……ぁ……エリクお兄様も、あっ……もうやめてぇ……」

　下肢が蕩けて動けずに兄達を詰《なじ》ったが、甘えた声で責めてみても聞いてくれる訳もなく、エリクは相変わらず秘所を舐め続け、シリクはニヤリと笑ってリュシエンヌの背後にまわり抱きしめてくる。

「堪えている姿がたまらなく素敵だったよ、リュシー……エリクはそんなに好い？」

「いやぁ……！」

　双《ふた》つの乳房を揉みしだかれ、既に尖《とが》っている乳首をキュッと摘まれたかと思うと、身体ごと椅子を退かれた。それに合わせてエリクもついてきて、遠慮もなしに淫らな音をたてて陰唇を舐め啜《すす》る。

「フフ、椅子までびしょびしょじゃないか。これではいくらエリクが舐めてもキリがないね。まるで尽きない淫らな泉だ」

「やぁん……あ、あぁん……ん、ふ……エリクお兄様もシリクお兄様も……あん、もう弄《いじ》っちゃいやぁ……」

　ブラウスのボタンをいくつか外され、溢れ出た乳房を揉みしだかれながら、ピチャピチャと音をたてて秘玉を舐め吸われ、腰が大袈裟なほどびくん、びくん、と跳ねる。

媚《こ》びるような声もひっきりなしに口から衝いて出て、身体が弓形《ゆみなり》に反る。口ではいやだと言っているが、まるで兄達へ差し出すように。

「あん、ん、んふ……あぁっ！　あっ……ぁ……」

ジョエルがいた時は我慢していたが、いなくなった今はどんなに淫らな仕種をしても、自分より自分の身体を知り尽くしている兄達の前でなら、もう我慢しなくていいのだ。

ようやく――ようやく、我慢しなくても良くなった今なら。

「あン、達《い》、く……ん、もう達くの……っちゃう……達っちゃう……」

もうそこまで限界が来ている身体がぶるるっと震え、蕩けきった身体が強ばり始めると、いつでもどうぞと言っているように、シリクは硬く凝《しこ》りツン、と尖った乳首を揉みほぐすようにクリクリと摘まみながら耳孔を舐め、エリクは陰唇を掻き分けるように舐め上げては、辿り着いた秘玉を舌先でつつき、昂奮に剝き出しになった核芯《かくしん》をちゅるっと音をたてて思いきり吸いついたその時。

「――っあぁぁあぁあぁ！」

あまりにも鋭く深い官能的な絶頂に、リュシエンヌは猥《みだ》りがましい悲鳴をあげながら達した。深すぎる快感はつま先から手指の先まで広がり、ただでさえ摘まれている乳首がもっと凝り、まるで全身が性感帯のようになり、シリクとエリクが何気なく触れているだけの箇所も甘く痺《しび》れる。

「あ……ん……んっ……んっ……」

達ってもまだ舐められている秘所に至っては、蜜口がなにかをしめつけてもっと奥へと吸い込みたいと蜜口がせつなく収縮して、媚肉《びにく》が物欲しげに蠢き、舐められる度に腰が何度も突き上がってしまう。

「あん、お兄様……もうだめぇ、達ったの……達ったの……リュシーもう達ったのぉ！」

「フフ、甘えん坊のリュシーが出てきた。可愛いよ、リュシー。ご褒美にエリクにもっと舐めてもらおうね」

「いやあぁん！」

　これ以上達ったらどうにかなってしまいそうで、いやいやと首を振ったが、背後から抱きしめているシリクが長い腕を伸ばして、リュシエンヌの膝裏を捉え、さらに大きく開くように膝を持ち上げる。おかげでエリクに秘所を差し出すような形となり、きつく閉じている蜜口へと舌を伸ばされた。

「いや……いや、あ……あぁん、もう舐めちゃいやぁ……！」

　どんなにいやだと言っても無駄だった。達った余韻《よいん》にきゅうぅっと閉じている蜜口の中へ、ぬめった舌先が僅かな隙間を見つけて、いとも簡単にヌルリと潜り込んでくる。そして、そよぐように蠢いて媚壁《びへき》を舐める。

「ぁ……あ……あぁっ……ぁ……」

一度舐められてしまうと、リュシエンヌの意思とは裏腹に蜜口はエリクに応えるようひくひくと開閉を繰り返すようになってしまった。するとエリクはリュシエンヌの呼吸に合わせるように、舌を出し入れし始めて――。

「あぁん……いや、いや……もう舐めたらだめなの……」

「どうして？」

すかさずシリクに問われたが、舌では物足りないのだと、兄達の逞しい灼熱でもっと奥まで満たされたいのだという欲求があるなんて、そんな事はとても言えずに口を閉ざした。

それでも媚壁がもっと奥へと誘うように蠢いてしまい、舐めているエリクにはしっかり伝わっているようだった。下肢に顔を埋めながらも含み笑いをして、秘玉にチュッとキスをしてから顔を上げる。

「素直に言ってごらん。オレ達しかリュシーのお願いを叶えてあげられないんだよ」

「あぁ……」

舌の代わりに指を挿し入れられたが、官能をくすぐるようには動かしてもらえず、含まされただけなのに、媚肉がねだるように締めつけてしまう。

「言って、リュシー」

「言ったらすぐにあげるよ」

エリクとシリクの囁きは、蜜《みつ》のようにどこまでも甘い。悪い事だとわかっているのに、もう快楽を識《し》っている身体が本能に衝き動かされ、倫理《りせい》が音をたてて崩れていき、奈落の底へ堕ちていく自分を心の中で感じた。

「……しぃ……」

「聞こえないよ」

「……欲しい……欲しいの。お兄様達が欲しいの……」

シリクにきつく言われて、はっきりと言葉にした瞬間、身体が本能のままにエリクの指をきゅうぅっと締めつけてしまった。

「たまらないな……奥へと持っていこうとしてるよ。シリク、先にいいだろう？」

「冗談、散々オイシイ思いをしておいて。さぁ、どっちにする」

リュシエンヌを挟んで揉めそうになったが、素直に言った以上、早くしてほしい。しかし今回もコインの掟《おきて》が適用されて、焦れに焦れたリュシエンヌの前でコインが宙を舞い、裏を選んだエリクが先になった。

「いい子だね、リュシー……欲しかったのはこれ？」

「あぁ……」

立ち上がったエリクがトラウザースを寛《くつろ》げた瞬間、逞しく奮い勃《た》つ欲望が、ぶるん、と目の前でとび出し、その瞬間にため息のような声をあげてしまった。

初めて見た時はあまりの長大さに恐れおののき、こんなに大きなものが自分の中を出入りしている事が信じられなかったが、毎夜のように貫かれているうちに恐ろしさはいつの間にかなくなり、むしろ待ち焦がれている自分がいて、今もまた身体の奥がその灼熱で擦られたいとせつなく蠢いてしまう。

「椅子が邪魔だな。シリク」

「あぁ」

「え……ぁ……」

　名前を呼ばれただけで察したらしいシリクが、不意にリュシエンヌを抱き上げた。その間にエリクは椅子を退けてしまい、気がつけばリュシエンヌはシリクに背中を預け、膝裏で支えられるだけの不安定なポーズを取らされていた
　秘所はますます開ききり、蜜口がひくり、と捩《よじ》れるように閉じた瞬間、溢れた愛液が床へとたれていく。その淫らな光景を余すところなく見たエリクは、リュシエンヌの頬にキスをしてクスクス笑う。

「待ちきれないって様子だね。いいよ、すぐにあげるからね……」

「ん、エリクお兄様ぁ……」

　もしもシリクが手を離したら床へ落ちてしまう恐怖に、目の前に迫ったエリクの肩にしがみつくと腰を抱かれた。そして待ち焦がれていた蜜口の様子を見るように熱い先端が蜜口をゆるゆると擦り、たまに潜り込むような仕種をする。

「ん……んっ……」

とうにほぐれている秘所が早く欲しいとさざめいて、僅かに潜り込んでくる度にエリクをもっと奥へと吸い込むように蠢いてしまう。それが恥ずかしいのに、エリクはわかっていながら僅かに埋めるだけで、リュシエンヌの欲しがる様を愉しんでいるのだ。

「いや、ん……エリクお兄様……意地悪しないで……」

たまらずに掴まっている肩に爪を立てて首をゆるりと振ると、エリクは含み笑いを浮かべながら、自らをリュシエンヌの蕩けきった媚肉へ埋めていく。

「あっ……ぁ……」

兄達に支えられているとはいっても、自らの力で身体を支えられない状況では下肢に力を込める事も出来ず、みっしりとした質感の灼熱をあっさりとのみ込んでいく。

しかし最奥へ届く前に、エリクはまた引き返しては、蜜口が閉じきる前に挿入するのを繰り返すのだった。

「んっ……ぁ……いや、いやぁ……あぁん……い、やぁ……」

ずくりと擦りたてられるのは気持ちいいが、欲しいのはもっと奥だ。最奥を擦りたてて、もっと烈《はげ》しく擦ってもらいたい。中途半端に追い上げられるせつなさに、媚肉も焦れたようにエリクを吸い上げようとしてしまい、腰も淫らにくねってしまう。

「エリクは意地悪だね。リュシーを苛めてばかりで」

「本当に意地悪なシリクには言われたくないね。あぁ……フフ、リュシーが欲しがってるのが伝わってくるよ……もっと奥？」

「ぁん……ん、もっと……もっと奥がいいの……」

そのとおりだとこくこくと頷いて、自ら腰を突き上げる仕種をしたが、エリクは腰を退いて、それ以上の挿入をしてくれない。

「いやぁ……」

焦らされすぎたせいで、もうおかしくなりそうになって潤《うる》んだ瞳で凝視めると、エリクも愛おしそうに凝視めながらも頬にキスをして撫でてくる。

しかしそんなふうに宥《なだ》められても身体の熱は燻《くすぶ》ったままで、欲求に耐えられずに含んでいるエリクをきゅうぅっと締めつけた時、まるでその時を待っていたのだというように、エリクが最奥へ一気に突き進んできた。

「あぁあ……っ……あ……ぁ……」

狭くなった中を括《くび》れた先端で擦り上げられながらの挿入で、最奥まで届いた灼熱に、身体が仰《の》け反るほど感じてしまった。

ようやく満たされた身体も歓喜に打ち震え、エリクを思いきり締めつける。

「……っ……たまらないな……しゃぶるように吸いついてくるよ……そこまで欲しかったんだね。いいよ、たくさんあげるからね……」

「あぁん……あン、あぁっ……あ、あっ、あ……あぁっ……」

宣言どおり烈しい抜き挿しをされて、身体がガクガクと揺さぶられる度に声が洩《も》れてしまう。落ちてしまわないようエリクにしがみつき、双つの乳房を押しつけて待ち焦がれていた律動を享受《きょうじゅ》しているうちに、シリクがごく自然とリュシエンヌの脚をエリクの腰へ巻き付けるよう促した。

「あン……深い……」

自重でエリクをさらに奥まで迎え入れてしまい、また全身でエリクにしがみついていなければ落ちてしまう恐怖に、しっかりと摑まって突き上げられる快感に酔いしれていると、シリクが再び背後から抱きしめてきたのだが――。

「ぁ……んんっ……シ、シリクお兄様ぁ……」

ぴったりと寄り添ってきたシリクの反り返る灼熱が、無防備に開いているリュシエンヌの秘所へ押しつけられた。その事に驚いて秘所がひくん、とひくついたが、粘ついた音をたてて出入りしているエリクの淫刀とは別に、シリクは蜜口をつついてくる。

「こら……シリク、もう少し待てよ……」

「こんなに感じているリュシーを見てたら待てなくなった。いいだろう、リュシー……エリクと一緒でも、ね……？」

「あぁん、そんなぁ……あん、待って……待って待って……ん、一緒になんて無理……」

シリクに乞うようにキスをされたが、リュシエンヌは慌てて首を振った。兄達以外の他の男性を知らないが、兄達の灼熱は長大で、ただでさえ一人を受け容れるだけでリュシエンヌの隘《あい》路《ろ》は精一杯なのだ。なのに二人同時に受け容れたら、張り裂けてしまいそうな恐怖に身体が縮み上がる。

「恐がらないでリュシー。同時に挿《い》れるような事はしないから。オレ達がどんなに息の合った双子か証明してあげるよ。な、エリク」

「仕方がないな……」

まだ不服そうではあったもののエリクが折れる形となり、リュシエンヌを抱きしめたままテーブルへと浅く腰掛け、秘所をさらに開いた。

「あぁ、なに……なにを……」

エリクに挿し貫かれたまま、蜜口を無防備にシリクへと差し出すようなポーズを取らされたかと思うと、戸惑うリュシエンヌを置き去りにエリクが一気に抜け出ていく。

「あぁ、ん……っ……あ……あぁっ……!?」

満たされるものがなくなり、物欲しげにひくつく蜜口が閉じきる前に、今度は背後からシリクが一気に押し入ってきて、最奥まで辿り着くと、また一気に抜け出て、今度は秘玉を擦っていたエリクがまた最奥まで一気に貫いては出て行く。

「あぁっ！　あっ……あぁン！　あっ……あ、あん、あぁっ……！」

エリクとシリクは絶妙なリズムで交互に抜き挿しを繰り返し、最奥をつついてはリュシエンヌを官能へと導く。シリクが言ったとおり、息の合った二人の律動は乱れる事がなく、同時に入ってくるようなミスは犯さない。その事がわかると、リュシエンヌの身体もほぐれてきて、兄達を交互に受け容れる事に慣れてきた。

「あ、あん……ん、んふ……」

最も好い場所をエリクの括れが擦り上げては出て行くと、息をつく間もなくシリクが入り込んできて、違う角度を擦り上げては最奥をつつく。意思と身体が繋がっているとしか思えない二人の兄の与えてくる快感に、身体が蕩けきって甘えた声が洩れるようになると、兄達は息を弾ませながらも徐々に腰を入れる速度を増してきた。

「あぁん……んっ……ぃい……好い……」

「フフ……っ…オレとエリクのどちらが好いんだい？」

「どっちも……どっちも好いの……」

素直に認めた途端に媚壁がひくひくと蠢いて、兄達をせつなく締めつけるのがわかる。交互にとはいえ兄達を同時に受け容れている自分の、あまりにも淫らな身体を嘆く暇《ひま》すらないほどの烈しさに、お腹の底からジリジリと熱い疼きが湧いてきた。

中で達く時に感じる熱さだという事が最近になってわかったのだが、その熱が湧いてくると、もう達く事しか考えられなくなってしまうほど身体が蕩けてしまい、そしてなぜだか兄達に甘えたくなってしまうのだ。

今も兄達に挟まれて突き上げられながらも、甘えるように身体を預けて甘苦しくも淫らな気分に陥り、甘い声をあげ続けているうちに、エリクが堪えきれずに息を凝《こ》らした。

「シリク……」

「あぁ」

「んっ……？　あっ……あぁっ……あん……」

やはり兄達は心が繋がっているらしい。たったひと言、名を呟いただけでシリクはエリクの意を汲んで、それまで交互に抜き挿しをしていたが、シリクは一度だけ最奥をつつくと出ていったきりになり、代わりにエリクが入り込んだまま、ずくずくと突き上げを速くした。

「あん、エリクお兄様ぁ……あ、あぁっ……」

「リュシー……リュシー……愛しているよ……」

「オレも愛している……」

「あんん……シリクお兄様ぁ……だめ、そんなにしたらっ……」

エリクに抱きしめられて揺さぶられるリュシエンヌの乳房をシリクが揉みしだき、乳首をきゅうぅっと摘まんでくる。それを繰り返されると媚壁がさざめいてエリクをせつなく締めつけてしまい、擦り上げてくるエリクが中でびくびくっと反応するのがわかる。

それにも感じてエリクに抱きつき、シリクに胸の頂《いただき》を愛撫されているうちに、お腹の底で燻っていた熱が一気に燃え上がるような感覚が押し寄せてきて――。

「リュシー……っ……」

「あっ……ぁ……あんん……あ、やっ……やあっ！　あぁぁあぁぁあっ……あ……」

息を凝らしたエリクに耳許で囁かれ、身体を烈しく揺さぶられながら最奥を擦られて、シリクに乳首を摘まれた瞬間、強烈な絶頂を迎えたリュシエンヌは、身体を捩るようにしながらエリクを締めつけて達した。それに合わせてエリクもぶるっと胴震いをして、最奥へ熱い飛沫《ひまつ》を浴びせる。

「ん、んふ……ぁ……っ……」

腰を何度も突き上げるようにして、エリクはリュシエンヌがひくん、ひくん、と絞るのに合わせて最後の一滴まで出し尽くすと、満足そうなため息をついてリュシエンヌを抱きしめたまま、しばらくは中にいたのだが、エリクが落ち着くとそれを待っていたかのようにして、シリクがリュシエンヌの身体を持ち上げる。

「あっ……」

一気に引き抜かれる感触にも感じて、思わず仰け反った身体を背後から抱きしめたシリクは、リュシエンヌの首筋に熱烈なキスをした。

「ん……」

少しだけ痛みを感じるキスに思わず肩を竦《すく》めて、達った余韻に全身で息をしているリュシエンヌを愛おしげに抱きしめたシリクが、リュシエンヌの片脚の膝裏に手をかけて、まだ奮っている灼熱を蜜口へと押しつけてきた。

「あん……っ……いや、こんな格好いやぁ……！」

「フフ、素敵だよ。リュシー……リュシーの恥ずかしい所が丸見えだ」

「やぁ、ん……！」

　無防備に開いている秘所へ灼熱の楔《くさび》をあてがわれ、その事にびくり、と反応して、リュシエンヌはまだ息の整わない状態で恐る恐る振り返ったが、笑顔を浮かべたシリクに口唇を塞がれてしまった。

「ぁん……んんっ……んー……っ……」

　口腔の最も感じる場所を舌でくすぐりながら、熱く滾《たぎ》るシリクがまだ達った余韻にひくつくリュシエンヌの中へ一気に押し入ってくる。絞るように狭くなった中を強引に押し進められて、身体が弓形に反り返る。それでもシリクは構わずに揺さぶり、先端で最奥をつついてくる。それだけでも達ったばかりの身体には強烈な刺激なのに、弓形に反った事で自然と上向き、上下に躍る乳房をエリクが掬《すく》い上げるように揉みながら、達ってもなお奮い勃つ先端で秘玉を捏ねるように刺激してくるのだ。

「んんんっ……いやぁ……シリクお兄様もエリクお兄様もそんなにしちゃだめぇ……！」

　すべての官能をつま弾かれるのはあまりにも刺激が強すぎて、キスを振り解き、髪を振り乱しながら首を振ってみたが、兄達は一向にやめようともしない。それどころかリュシエンヌが泣き出す寸前のような声をあげるのを愉しんでいるようで、エリクは胸の頂にキスをして、シリクは媚肉を捏ねるように揺さぶるのだ。

「いやぁん……だめ、だめぇ……あぁ、もう変になっちゃう……」

「変になればいい」

「オレ達の愛を感じて……リュシーもオレ達を愛して……」

「フフ、身体はオレ達を愛しているみたいだけどね。あぁ、すごい締めつけだ……」

クスクスと笑い合う兄達に首を振ってみたが、感じきって甘い声をあげている今の状態では、兄達の言葉を否定する事すら滑稽《こっけい》に感じた。

　愛しているから感じるのだと何度も言われたが、そうなのだろうか？

　自分も兄達を、もう愛し始めているのだろうか？

　わからない。もう訳がわからないほど感じてしまって、まともな思考が働かない。口から衝いて出るのは甘い喘《あえ》ぎばかりで、頭の中が白く霞《かす》んでいく。

「おっと。まだ気をやるには早いよ。オレにもっとリュシーを感じさせて……」

「あぁん……ん……ぁ……あっ、あぁっ、あっ……」

　ちゃぷちゃぷと音がするほどの抜き挿しをされて、その強い刺激に意識を失う事すらままならず、ぼんやりとしながらも突き上げられる度に声をあげ続けた。いつ終わるとも知れない狂宴に、身体はとうに音を上げていたが、兄達の愛撫に自然と応えてしまっている時点で、自分も共犯者なのだろう。このまま兄達に挟まれて、地の果てへ堕ちていくのだ。

堕ちた先にはなにが待ち構えているのだろう?

兄妹で淫獄へ堕ちて、永遠にまぐわい続けるのだろうか?

きっとそんな場所へ堕ちたら、正気を保ったままではいられないだろう。しかし、もしもそうなら、気が触れてしまったほうがラクかもしれない。

罪の意識もなく快楽だけを求め、兄達と愛し合うのだ。まるで獣のように——いや、獣以下の存在となって。

「うふ……ぁん、んっ……ぃい……好い……」

思い至った考えがおかしくて思わず笑いながらも喘ぎ、最奥を擦り上げられる刺激に官能をくすぐられ、シリクを思いきり締めつけた。もっと奥へと誘うような動きにシリクが息を凝らし、びくびくっと反応する。エリクは相変わらず秘玉を捏ねるように刺激してきて、それがどうしようもなく好くて媚壁がシリクを搾り取るように締めつけてしまう。

「リュシー……っ……」

せつなげに名を呼んで、あとは言葉もなく抜き挿しをするシリクに揺さぶられているうちに、二度目になる絶頂が近くまで来ている事を感じた。息を弾ませるシリクの息遣いを耳許で感じ、秘玉を捏ねるエリクの動きも速くなり、兄達が感じれば感じるほど、リュシエンヌも快楽に上り詰めていき、兄達が同じリズムで突き上げてくるのに合わせ、自らも腰を淫らにくねらせた。

三人の息が合い、まるで繋がった箇所から溶けるようにひとつになった気がしたその時。

「あっ……あん、ん、んふ……ぁ……あ、あぁっ、あぁあぁぁあ……！」

深くて強い快感に溺れるような絶頂を感じて、リュシエンヌはシリクをきゅうきゅうと締めつけながら達した。ひくん、ひくん、と痙攣《けいれん》するほどの動きがたまらないようで、シリクも遅れて達し、腰を何度も打ち付けるようにして、最奥へ熱い飛沫を浴びせる。エリクもまた秘玉へ熱く滾る熱を放ち、その二人の熱さに腰が大袈裟なほど跳ねて、小さな絶頂を何度も感じた。

「あっ……ん……」

シリクが退いていくのにも感じて、腰を突き上げて絶頂の余韻を味わっていると、蜜口と秘玉に浴びせられた熱がトロリと糸をひいて床へ落ちていくのがわかった。その間も兄達は顔や髪に何度もキスをして前後から抱きしめてくる。

不思議な事にリュシエンヌを挟んで抱きしめてくる兄達の身体はぴったりとリュシエンヌの身体に吸いつく。まるで三人で一対であるのが当たり前のように、隙間なく抱きしめられるのを心地好く感じてしまうのはどうしてなのか、今はなにも考えたくなくて、リュシエンヌは静かに目を閉じた。

第五章　茨の免罪符

窓辺に置かれた椅子に座り、夏の日射しを浴びる庭の草花を眺めていた。

枯れた花殻や伸び放題のクレマチスをそろそろ剪定《せんてい》しなければいけないと思いつつも、大好きだった庭仕事をする気力すら、あの日からなくなってしまった。

それほどまでにジョエルの前で密かに行われた淫戯《いんぎ》と、兄達が交互に出入りする交歓は、リュシエンヌにはショックが大きすぎた。

それは確かに奔放《ほんぽう》に感じてしまったが、まさかジョエルの前でまであんな事をしでかすなんて、兄達の正気を疑ってしまう。それとも、リュシエンヌに執着するようになってから、兄達はとうに正気など失くしてしまったのだろうか？

それに、自分も——。

淫《みだ》らな悪戯《いたずら》をされたり身体を無理やり拓《ひら》かれたりしているうちに、身体はより敏感になっていくのに、心が少しずつ欠けていくような、まるで魂が半分、身体からとび出してしまっているように、現実が遠い。

心休まる筈《はず》の庭を眺めていても白く眩《まばゆ》い光を浴びる草花を見ているだけで、ともすればそのまま現実から離脱してしまいそうになる。

このまま白い光を凝視《みつ》めながら、心を失ってしまったらどんなにラクかとも思ったが、そうもいかなかった。なぜなら、キッチンから兄達がティーセットを運んでやって来たからだった。

「リュシー、お茶にしよう」

「パリで話題のマカロンという菓子を取り寄せたんだ。きっとリュシーも気に入る筈さ」

「…………」

自らお茶の準備を買って出た兄達が、テーブルに色とりどりのマカロンという菓子や、リュシエンヌの大好物でもあるレモンのカトルカールと、ローズティーをセッティングしている。それを手伝う気力すらなくて、ただ凝視めているうちに、兄達はあっという間にセッティングを終えて、椅子に座るリュシエンヌの傍へ近づいてくる。

「リュシー、今日は少しでも食べてくれるね？」

「夏なのにこんなに手が冷たくなってしまって……温かいローズティーを飲んだら、きっと心が休まるよ」

エリクが背中からそっと抱きしめ、シリクはリュシエンヌの前に跪《ひざまず》き、手をそっと取って微笑んでくる。その笑顔は以前までよく浮かべていた笑顔で、慈愛《じあい》に満ちた笑顔だった。

まるで昔の仲がいいだけの兄妹に戻れた気分にもなったが、今までの淫らな行為をなかった事には出来なくて、リュシエンヌに笑顔が戻る事はなかった。

しかし兄の手を振り払って部屋を出て行くまでの勇気はなく、ただされるがままに立ち上がらされる。

「さぁ、お茶が冷めてしまう前に一緒にお茶をしよう」

「リュシーが気に入ってくれるといいけれど」

半ば強引に自分の椅子へとエスコートされても抵抗する気力すらなくて、おとなしく椅子に座ると、兄達はリュシエンヌにカトルカールを取り分け、ピンク色のマカロンを添えたケーキプレートを差し出してくる。

「リュシーが好きそうな物を選んでみたけれど、どうだい？」

「頼むからひと口だけでも食べてくれないか？」

「……いただきます」

カトルカールを小さく切り分けてみたけれど、それを口にするのは気が重くて、ため息が洩《も》れてしまった。それを見て兄達が顔を見合わせているのがわかったが、最近は食欲がまったくなくなってしまった。

料理を作っても匂いだけでお腹がいっぱいになり、兄達に振る舞うだけで自分は食べない事も多々あり、それを心配した兄達は、あの日からリュシエンヌに荒淫《こういん》を強いてくるような事はなかった。

それに仕事を休んでまでリュシエンヌに付きっきりで世話を焼いてくれるようになった。

それはとてもありがたいのだけれど、仕事を休ませてしまっている事に関しては、心苦しいものがあった。

「……シリクお兄様、エリクお兄様？」

「なんだい？」

「お仕事は放っておいても大丈夫なの？」

「あぁ、仕事の事なら気にしなくても平気だよ。ウチの職人や農夫達はみんな優秀だからね。それより今はリュシーの食欲が戻るほうが最優先だ」

シリクの説明にエリクも頷《うなず》き、優しく微笑んでくれる。それが心からの笑みだとわかるから余計に心苦しくなったが、ならばまず自分が食欲を取り戻せばいいのだろうか？

酷い事を散々してきたのは兄達なのに、その兄達に心を砕かれていると思うとなんだか複雑な気分にもなったが、ただでさえ小さく切り分けたカトルカールをさらに小さく切り分けて、リュシエンヌは口にした。

レモンの酸味と甘さが絶妙なカトルカールは、母とよく焼いていた菓子で、リュシエンヌが一番好きな焼き菓子という事もあり、ひと口食べたらほんの少しだけ笑顔になれた。

「美味《おい》しいわ。まさかお兄様達が焼いたの？」

「いや、残念ながら料理は作れても菓子を作る才能はないからね」

「リュシエンヌと一番仲のいいパン屋のジゼルに焼いてもらったんだよ」

「まぁ、ジゼルが……」

村の中でもおしとやかで、リュシエンヌと気の合うジゼルを思い出したら、そういえば女友達と近頃はまったく会っていない事に気づいた。

「ジゼルやナタリーにソフィにマリエル……みんな元気でやっているのかしら……」

ぽつりと呟いただけだったのに、それを聞き逃さず、エリクが嬉しそうに微笑んだ。

「そう言うと思った」

「リュシーと仲のいい女友達に招待状を出しておいたよ」

「招待状……？」

首を傾げて兄達を見ると、優しく微笑んで頷いてくれた。けれどなんの招待状だというのだろう？

リュシエンヌの誕生日はとっくに過ぎているし、兄達の誕生日もまだまだ先だ。特にサロンを開くような用事もないし、なのになんの招待状を出したというのだろうかと兄達を凝視めると——。

「リュシーもこの頃はオレ達のせいでいろいろ気詰まりだろう？」

「だから女同士でサロンを開いて、日頃のストレスを発散したらいいかと思ってね……この前は悪ふざけが過ぎて悪かった」

「これはオレ達からのせめてものプレゼントだよ」

「シリクお兄様、エリクお兄様……」

謝ってくれた二人の優しさに、心がほんの少しだけ甘く解けていくのがわかった。

なにも兄達はリュシエンヌの身体だけが目当てなのではなく、リュシエンヌの気持ちもしっかりと考えてくれているのがわかって、とても——とても嬉しかった。兄達は心もきちんと大切にしてくれているのだ。

愛していると言われてはいたけれど、心からの言葉だという事が、ようやく気づけた気がする。とはいっても、それに応えられるかというと、また別の話になってしまうが。

それでもリュシエンヌを気遣ってくれている気持ちだけは素直に受け取れ、それがとても嬉しくて、リュシエンヌは花が綻《ほころ》ぶように微笑んだ。

「どうもありがとう、シリクお兄様、エリクお兄様」

「なに、礼には及ばないよ」

「元々はオレ達が悪かったし……許してくれるかい？」

久しぶりに本来の笑顔を見せると、シリクもエリクもリュシエンヌの笑顔を見て、本当にホッとしたように笑顔を浮かべた。

「よし、そうとなったらフランス中から美味しい菓子を取り寄せよう」

「大袈裟だわ、エリクお兄様。いつも私が用意するお菓子や果物にチーズで充分だわ」

「チーズときたらロゼワインも必要だな。とっておきの甘口のロゼワインを提供しよう」

「まぁ、とっておきのロゼワインなんて本当にいいの、シリクお兄様？」

自家で製造しているロゼワインは、ピンク色でほんのり甘く、ボディがしっかりとしていながら気軽に飲める商品が主力だが、母が好んだ甘口のロゼワインも、実はうちで消費するだけの量を作っているのだった。

そのとっておきのロゼワインを出してくれるなんて、シリクもエリクも今度のサロンをとても大事な行事として捉えているようだった。つまりそれだけリュシエンヌを元気づけようとしてくれているという事で、そう思えば兄達の優しさを再確認が出来て、リュシエンヌも兄達の目を見て微笑む事が出来た。

「どうもありがとう、シリクお兄様、エリクお兄様」

「リュシーの為ならなんだってするさ」

「さぁ、お茶が冷める前に飲むといい」

心から感謝の言葉を贈ると、二人も幸せそうに微笑んでくれて、久しぶりに心休まるティータイムを満喫する事が出来たリュシエンヌであった。

† † †

その日、ブランジェ家の庭は、華やいだ雰囲気に包まれていた。それというのも、庭に咲く色とりどりの花に負けないほどに着飾った娘達が集っているからだ。

年の頃はリュシエンヌと同じ十代半ばから後半の村の娘達で、庭に設《しつら》えた日避けのタープの下、オーク材のテーブルには、娘達の大好物の甘い菓子や果物、チーズがふんだんに用意され、ブランジェ家自慢の甘口のロゼワインの他に、ローズティーも用意されている。

この日ばかりはリュシエンヌも貴婦人然とワンピースに身を包み、楽しい女同士の話題に微笑みを浮かべていた。

兄達が計画してくれたサロンは大成功で、久しぶりに仲のいい友人達と他愛のない会話をするのも楽しかったが、主役であるにも拘《かか》わらずリュシエンヌは話の聞き役に徹して、ただ微笑んでいた。

そして娘が複数集まれば、話題はどうしても恋愛の話へと移ってしまい――。

「酷いと思わない？　じゃあいつプロポーズするのよって思ったわ」

「さっさと乗り換えちゃいなさいよ。待ってたらおばあちゃんになっちゃうわ」

「でも、あっちが好いのよ……わかるでしょ？」

娘達の中でも敬虔《けいけん》なクリスチャンのソフィが思わせぶりに声を潜めて言うのに、リュシエンヌは驚きすぎて目を見開いた。しかしナタリーもマリエルもルイーズも、一番気の合うおしとやかで有名なジゼルですら、華やいだ悲鳴をあげる。

「詳しく聞かせてよ」

「なになに、どう好いの？」

「やだ、ルイーズったらそこまで訊く？　けれど、どうなの？」

皆が興味津々とばかりにソフィに注目をすると、葡萄《ぶどう》をひと粒摘まんで口に含んだソフィは、意味深長に口の中で葡萄を転がしながら蠱惑《こわく》的な笑みを浮かべる。

「そうね……アレはそんなでもないけれど、今までつき合った誰よりも身体の相性がいいの。初めての時から燃え尽きそうなほど情熱的だったわ」

うっとりとした目をして語るソフィに、皆がブーイングを浴びせる中、リュシエンヌはぼんやりと兄達を思った。初めての時から燃え尽きそうなほど情熱的だった兄達に蕩《とろ》けてしまいそうだった自分はどうなのだろう？

ソフィの言葉が本当なら、リュシエンヌと兄達は身体の相性がいいという事になる。確かエリクにも言われた記憶があるが、そういう事なのだろうか？

「まぁ、悔しい。清純な振りをしておいて熱い夜を何度過ごしたのよ」

「そう言うみんなはどうなの？」

「私は最近ご無沙汰よ」

「私もそうね」

「村の男達はみんなリュシーに夢中だもの」

ルイーズが発した言葉により皆の視線が集まり、リュシエンヌは頬を染めて首を振った。

「夢中だなんて、そんな事ないわ。告白された事もないもの」

「嘘でしょう!?」

「あぁ、でもわかるわ。リュシーは高嶺《たかね》の花だもの」

「あんなに素敵なお兄様方に囲まれていたら、村の男なんてみんな案山子《かかし》みたいな物だし、男達もそれなりの覚悟が必要だものね」

「けれど、気になる相手くらいいるでしょう？　リュシーは誰を愛しているの？」

「あ、愛しているだなんて……」

　興味深げに注目されて首を横に振ったが、なぜかその時、兄達の姿を思い浮かべてしまい、慌《あわ》てて打ち消した。愛している——その言葉は兄達にまるで呪文のように何度も囁《ささや》かれていたから、兄達を思い出してしまっただけで、言葉を連想してつい思い浮かべてしまっただけだ。しかしそこで兄達が出てきた事に愕然《がくぜん》としていると、その仕種が逆に皆には脈ありに見えたらしい。

「怪しいわ。いるのね、好きな人が」

「誰よ、誰？　オーブリー？　それともドミニク？」

「あぁ、確かにあの二人が怪しいわ」

「シリク様とエリク様の次の次の次くらいには、いい男だものね」

　思い切ってリュシエンヌから告白すればいいと皆に唆《そそのか》されたが、どちらも子供時代にリュシエンヌを苛《いじ》めていた張本人だ。好きになれる筈もないし、ましてや自分から告白なんてとんでもない。年頃になってからは苛められる事はさすがにないが、話しかけられても今でも思わず身構えてしまうくらいなのだ。

「いやよ、いや。好きなんかじゃないわ。それよりみんなはどうなの？　誰が好きなの？」

「それはもちろん、シリク様とエリク様よ」

「あぁ、シリク様とエリク様のどちらかが振り向いてくれたらいいのに」

　彼氏のいるソフィ以外の皆がうっとりとため息をつくのを見て、兄達の人気を改めて確認した。ただ、皆どちらの兄でもいいような言い方が少し気にはなったが、皆には見分けがつかないのだから、仕方がないのだろう。

　そんな事をぼんやりと思いつつ、自分の話題が逸れた事にホッとして、ティーカップを傾けた時だった。

「オレ達がどうかした？」

「やぁ、楽しんでもらえているかな？」

「シリクお兄様、エリクお兄様……」

件《くだん》の兄達の突然の登場に、それまであからさまな話題で盛り上がっていた友人達は、急におしとやかになった。彼氏がいるソフィですら、頬を染めてかしこまっている。

友人達の変わり身の早さに唖然《あぜん》としてしまったが、名実共にあり、美しすぎる兄達を前にして、普段の姿は見せられないのはわかるので、リュシエンヌが率先しなければと、兄達へ微笑んだ。

「とても楽しくてよ。お兄様方もお仕事がお済みなようでしたら、ご一緒にいかが？」

「リュシーのお言葉に甘えてもいいかな、マドモアゼルの皆さん？」

「しばらくぶりだが、みんな美しくなったね」

兄達の言葉に、友人達は鈴を転がすように笑いさざめき、兄達がごく自然と隣に座ると、頬を染めながらも兄達を意識して、自分がより美しく見えるよう最大の努力をしている。

「やぁ、ジゼル。この前は美味しいカトルカールをありがとう。クロードは元気かい？」

「え、えぇ……兄は元気すぎるくらいです……」

「それはいい事だ。クロードの作るバゲットは最高だからね。そういえばジゼルも手伝っているんだってね」

「はい。パン作りは父と兄任せですけれど、私も母と一緒にお店を……」

兄達のリードが上手く、そのうちに会話が弾み始めた。もちろん、先ほどまでの女同士でしか話せない内容ではなく、当たり障りのない会話だったが、兄達はワインを傾けながら、友人達の密かなアピールにも笑顔で接している。

その事に勇気をもらったのか、兄達に恋する友人達は少しだけ積極的になってきて、果敢に兄達へ自ら話しかけ始めた。

「そういえば今、恋愛の話をしていたところですのよ」

「シリク様とエリク様は心に決めた女性はいらして？」

マリエルが口火を切った瞬間、友人達は兄達に熱い視線を送る。誰もが一番気になる事であり、もしかしての可能性に胸を高鳴らせている様子が手に取るようにわかる。

しかし兄達は友人達の熱い視線をわかっているのかいないのか、のんびりとワイングラスを傾け、悠然《ゆうぜん》と微笑む。そしてマリエルの隣に座っていたエリクが何気ない仕種で彼女の髪を梳き、毛先にキスをした。

「心に決めた女性か……この美しい女性の中から選ぼうかな」

にっこりと微笑んだエリクに思わせぶりに髪へキスをされたマリエルは、頬が紅潮して目許が潤《うる》んでいる。まるで自分が選ばれたような仕種に、喜びが隠しきれないのがわかる。

しかしマリエルの熱い視線には気づかぬ振りで、エリクは右隣に座るルイーズの髪に指を絡めるのだ。

「それはいいアイデアだな。オレ達もいい年だし、この中で一番美しい花を選ぶか」

シリクも僅《わず》かに笑みを浮かべて、注目する娘達をゆっくりと見渡すのに、友人達は皆、選ばれる期待に打ち震えているのが手に取るようにわかる。わかるのだが——。

友人達が本気で想っているからこそ、兄達の気まぐれな言動で友人達が翻弄《ほんろう》されるのは見ていられなかった。それになによりリュシエンヌに愛を囁くその口で、友人達を誑《たぶら》かすなんて酷すぎる。

パリの大学でそれなりに遊んでいたのはなんとなく察していたが、いざ目の前で友人達に甘い言葉を囁き、何気ないスキンシップを取る姿を見ていると、心にもやもやと暗雲が立ちこめ、吐き気にも似たムカつきを覚え、兄達が友人達に触れるのを見る事すらいやだ。

友人達も友人達だ。なにも知らずに兄達との会話を楽しんでいるが、どちらの兄と会話しているのかわからない状態で、よく盛り上がれると思う。それにこの兄達がリュシエンヌにどんな仕打ちをしているかばらしたら、きっと嫌悪の感情を持つに違いない。

いっそ言ってしまおうかと半ばヤケ気味に思ったが、そこまで考えるに至って、自分が兄達に怒っているのか、はしゃぐ友人達に怒っているのかだんだんわからなくなってきた。そしてこの胸にわだかまる感情は、紛れもなく——。

（私……）

そこでハッと思い直して、首をふるりと振った。違う、そうじゃない。

友人達が恋い焦がれている事は昔から知っていたし、兄達がいつか誰かと恋に落ちて、

結婚するのが自然な流れだと思っていた自分はどこへ行ったというのだろう？

兄達が友人達とスキンシップを取る事も、それに恥じらいながらも喜ぶ友人達を見ても、どちらにも怒るほうがおかしい。ましてや嫉妬《しっと》するなんてとんでもない。

けれど、どちらに？　自分は兄達と友人達のどちらに嫉妬したというのか？

自分に愛を囁きながらも、リュシエンヌの目の前で友人達を手玉に取る兄達へ？

それとも、兄達と結婚しても誰からも後ろ指をさされず、祝福される友人達に？

わからない。わからないが、思ってはいけない感情が湧いてしまった事に愕然とした。

どちらに嫉妬したとしても、これではまるでリュシエンヌ自身、兄達を知らぬ間に愛しているという事を証明しているようで――。

思えば先ほども誰かに質問された時、兄達の顔を思い浮かべてしまった。という事は、

自分はいつの間にか、兄達と同じ気持ちで愛していたというのだろうか？

いいや、そんな事はない。神様に背いてまで愛を貫くなんて、罪深い事だと何度も思って拒否してきた。兄達に愛される度、絶望に涙したというのに、そんな訳ある筈がない。

だとしたら、心に渦巻くこの嫉妬の感情はなんだというのだろう？

わからない。自分がどんどんわからなくなってきて混乱してきた。

「し、失礼。大事な用事を思い出したわ。私はここで失礼するけれど、みんなはお兄様方と楽しんで」

居たたまれずに思わず立ち上がったが、にっこりと微笑む事が出来たのは自分でも上出来だと思った。そして兄達が追って来られないのをいい事に広大な庭を横切り、本当に久しぶりに屋敷から外へとび出した。

（いや、いや、いや……）

まるで兄達の呪縛から逃れるように、ワンピースの裾を翻《ひるがえ》して駆け出す。目的地など決めていなかったが、とにかく自分を落ち着かせる事が出来る場所ならどこでもいい。

しかし罪の意識がありすぎて、教会や修道院へ駆け込む事は出来ずに行き着いた先は、自家農園のラベンダー畑だった。

「私は……違う。違うわ……」

心安らぐ筈のラベンダー畑に辿り着いたというのに、心は千々《ちぢ》に乱れ、その場に頽《くずお》れる。

兄達や友人達に嫉妬するような醜い感情を持つなんて、自分はいったいどうしてしまったのだろう？

いや、正直に言えば兄達と結婚しても祝福される友人達が羨《うらや》ましく思った事に、自分でも驚いた。だとしたら、自分は兄達と結ばれて祝福されたいのだろうかとも思ったが、そんな筈はない。ないと信じたいのに――。

兄達が友人達と仲睦《なかむつ》まじくする姿を思い出すだけで胸が苦しくなる。けれどその正体を知ってしまったら、自分が自分でなくなるようで、首をふるりと振って良からぬ感情を追いやった。しかしもう平気な顔をして屋敷へ戻る事は出来ない。だとしたら、どこへ行けばいいのだろうか？

（……そうだわ、ジョエルさん……）

その時不意にジョエルの快活《かいかつ》な笑顔を思い出し、リュシエンヌはフラフラとした足取りで、川の畔《ほとり》に建つ一軒家――ジョエルのアトリエへと向かった。

ジョエルがいるかわからないながらも、扉を何度も叩いた。もう教会で懺悔《ざんげ》するには遅すぎるほど罪深い感情を抱いてしまったリュシエンヌには、兄のような存在のジョエルしか頼れる人はいないのだ。

「ジョエルさん、リュシーよ。お願い、開けて！」

切羽詰まった声をあげるリュシエンヌの願いが届いたのか、それからほどなくして扉が開かれ、ジョエルが泣きそうに顔を歪《ゆが》ませるリュシエンヌに、首を傾げて見下ろす。

不思議そうにリュシエンヌを凝視めているが、相変わらず穏やかな優しい表情。そんなジョエルを見上げていたリュシエンヌの大きな瞳に涙が溢れる。

「ジョエルさん……ジョエルさん、私を助けて……！」

「リュシー？」

広い胸に思わず抱きついて声をあげて泣き出すと、ジョエルはなにも言わずに背中を慰《い》撫《ぶ》しながら、アトリエへと招き入れてくれた。

†　†　†

南の窓から射し込む柔らかな日射しの中、壁に立てかけられている様々な号数のキャンバスに描かれている、村の景色をぼんやりと眺めている間、身なりを整えてくると言ってシャワーを浴びているらしいジョエルを待っていると、ほどなくして髪まできちんと乾かしたジョエルが戻ってきた。

「やぁ、せっかく来てくれたのに、待たせてすまなかったね。なにしろ絵を描くのに夢中で、二日シャワーを浴びていなかったものでね」

何事もなかったかのように微笑みながら言われて、リュシエンヌは泣きはらして目尻を赤くしながらも、僅かに微笑んだ。

「少しは落ち着いたかい？」

「……ええ、あの。さっきはごめんなさい」

シャワーを浴びに行く前に振る舞われたホットミルクの入ったマグカップを手の中で玩《もてあそ》びながら、リュシエンヌは取り乱してしまった自分を恥じるように謝った。

あの時は自分の感情でいっぱいいっぱいなところで、兄のような存在であり、包容力のあるジョエルを見た途端にホッとして、泣くつもりはなかったのに泣いてしまったのだ。

しかし泣き暮れる自分を気遣ってくれたのだろう。しばらく一人にしてくれて、優しい絵を見ているうちに、心はずいぶんと落ち着きを取り戻す事が出来た。

「謝る事はない。泣きたい時に泣くのは決して悪い事ではないよ」

　頭を優しく撫でられて、下を向いてばかりいたリュシエンヌは顔をおずおずと上げ、優しく微笑むジョエルを凝視めた。ジョエルの瞳はどこまでも優しさに溢れていて、大丈夫だと物語っているようで、プロヴァンスの空のようにどこまでも澄んでいる。

　村の美しい景色をさらに輝かしく優しい雰囲気で描けるジョエルの目には、自分はどう映っているのだろう？

「……私は醜《みにく》い顔をしているかしら？」

「とんでもない！　リュシーは泣いた顔も天使のように美しいよ」

「ジョエルさんは私を神聖化しすぎだわ。私はとても醜いの。醜くて罪深い存在なの。美しいのはジョエルさんのほうだわ。私は醜いの。とても醜くて……汚いの」

　まだすべてを打ち明けるには勇気がいって、それでも自分の穢《けが》れた本性を吐露《とろ》すると、すっかり冷めてしまったマグカップをジョエルが取り上げて、リュシエンヌの頭を撫でては顔を覗き込んでくる。

「顔は心の鏡だという言葉は知っている？　心が醜ければ、どんなに隠していても顔に出てしまうものなんだよ。けれど、オレが見ている限り、リュシーは穢れた心が表れているどころか、美しい顔をしているから大丈夫。あぁ、けれど……」

「………？」

「最近のリュシーはとても憂《うれ》いを帯びているね。それがさらに美しくもあるけれど、この前も訊いたように、なにか悩みがあるんだね？」

　先日、訊かれた時は、リュシエンヌが言いたくなければ言わずともいいという姿勢で訊いてくれたが、今日ははっきりと断定されてしまった。しかしそれも当たり前だろう。思い悩みすぎて、あまりにもつらいからこそ泣きついたくらいなのだ。ジョエルも心から心配して、リュシエンヌが告白するのを待つのではなく、訊こうとしてくれているのだ。

　しかしまだ言うのが恐い。言ってしまっても果たしてジョエルはこのひたむきな瞳で自分を見てくれるだろうか？

「私の本性を知ったら私を嫌いになるわ……」

「どんな話かわからないし、驚くかもしれないけれど、嫌いにはならないと思うな。それに一人で悩むより、二人で考えたほうがいいアイデアが浮かぶかもしれない。言える範囲からでいいし、言いたくない事は言わなくてもいいから、少しだけ聞かせて」

　すべてを打ち明けなくてもいいが、思い悩んでいる事柄を少しでも軽くしてくれようとしているジョエルの優しさに、沈んでいた心が傾いた。ジョエルなら、大人のジョエルになら罪を告白しても、冷静に受け止めてくれるかもしれない。

それでもひたむきな瞳で自分を凝視めているジョエルと目を合わせられず、俯いて握りしめた自分の手をジッと凝視めた。

「……私は神様の教えに背く罪を犯してしまったの。とても罪深い事だと知っていたから、最初は何度も抗《あらが》ったのだけれど……気がついた時には、自分も罪に染まりきっていて、今日になって自覚した罪の重さに耐えきれなくなって……」

「それでオレに相談しに来てくれたんだね」

要領を得ない抽象的な告白しか出来なかったが、ジョエルは突き詰めるような事もなく、真剣に話を聞いて頷いてくれた。

「教会で教えてくれる事がすべてではないよ。とても崇高《すうこう》な教えではあるけれど、それを守って生きていく事が出来たら、我々はみんな聖職者になれる。けれど、教えはあくまでもアドバイスであって、自分なりに生きていくからこそ自分らしく生きられるんだ」

「けれど、罪は罪だわ」

それも誰もが犯してはならない大罪だ。ジョエルが心をほぐすように語ってくれる話や言いたい事はわかる。リュシエンヌだって兄達との姦淫《かんいん》に溺《おぼ》れてさえいなければ、そう思って生きていた。けれど、教会の教えで禁じられている以上に、倫理的にあってはならない感情をいつの間にか抱いてしまったのだ。もう許される事は永遠にない。

「教えがすべてではないと言っただろう。リュシーが犯したという罪がなんなのかわからないけれど、そこまで思い悩むほどではないかもしれないよ？　お兄様方に打ち明けても、きっと――」

「だめっ！　だめなの……お兄様達に知られてはだめ。それに最初に罪を犯したのはお兄様達が先で……私は、私もいつの間にか、罪だとわかっているのに、お兄様達を……」

　ジョエルの言葉を遮《さえぎ》り、昂《たか》ぶるがままに顔を覆って感情を吐露した瞬間、ジョエルが息をのむのがわかった。はっきりと言葉にした訳ではないが、色々な経験を積んできた大人のジョエルには、リュシエンヌが言葉にしなかった部分がわかってしまったようだった。

「リュシー……まさか君達は……」

「それ以上は言わないで！　わかっているわ、わかっているの。とても罪深い事だと知っているから……けれど、私がまだ抗っているうちに、お願い。ジョエルさん、私をパリへ連れて逃げて。いいえ、パリじゃなくてもいいわ。お兄様達の知らない場所ならどこでもいいから、今すぐ私を攫《さら》って……」

「リュシー……」

　涙ながらに言い募るのに、ジョエルが困惑を隠しきれずにいるのがわかったが、もう自分達の関係を察しているだろうジョエルに頼るしかなかった。

　今ならまだどこか知らない場所へ逃げる事で、兄達を忘れる事が出来る筈。微《かす》かに芽生えてしまった感情も、穢れきった身体も、穏やかなジョエルと過ごす事で、時がいつか忘れさせてくれるに違いない。

「それとも、こんな私はもう嫌いになってしまったかしら……」

潤んだ瞳でおずおずと凝視めると、ジョエルは首を振って両手をそっと握ってくれた。

穢れた身体を厭《いと》わずに触れてくれただけでも心強くなれたが、それだけではなく、ジョエルはしっかりと目を凝視めてくれる。そこにはなんの嫌悪も浮かんでいなく、とても誠実な眼差しがリュシエンヌを映していた。

「ばかな。嫌いになどなるものか。ただ、少し驚いただけだから心配しないで大丈夫。けれど、どこへ逃げたものか……」

「一緒に暮らしてとは言わないわ。どこかへ連れて行ってくれたら、自分で生活してみせるから、お願い。お兄様達がここにいる事を嗅ぎつけて来る前に私を……」

頼れる相手など兄達ならすぐに特定するに違いなく、リュシエンヌが逃げた先などきっとわかっている兄達が今すぐにも追って来そうで、心は逸《はや》るばかりだ。

しかしジョエルにとっても突然の頼みを簡単には引き受けられないのだろう。逃避行するにもそれなりの準備が必要だし、なにより男爵家の娘を連れて逃げるという重荷を背負う事になる。兄達と断絶してしまえば、金銭的援助も受けられなくなり、生活にも困窮《こんきゅう》するのだから、安請け合いは出来ないだろう。

それになによりリュシエンヌ自身、一緒に逃げてほしいと頼んでおきながらも、逃げる事で兄達を振り切れる自信がまだなかった。

　兄達を忘れる努力はするつもりだが、身体に刻み込まれた罪という烙印《らくいん》がいつか疼《うず》いてしまうのではないかという懸念もある。それに先ほど自覚してしまった想いをない事に出来るのか――それすら危うい。

　しかし、それでも。これ以上の罪を重ねる事はやはり良くない事だと思うのだ。まだ傷が浅いうちにジョエルと共に逃げられたら、きっとなにか違う物が見えるかもしれない。

　もちろんそうなればジョエルに大きな負担をかけてしまうが、もう頼れるのはジョエルしかなく、そこに懸けるしか道は残されていないのだ。

　そこまでわかっていながらジョエルに頼るしかない申し訳なさに心が痛んだが、それでもリュシエンヌを思って逃げる先を思案してくれている様子で、ジョエルは席を立った。

「少し待ってくれるかな。地図を持ってくるから」

「ごめんなさい……本当にごめんなさい」

　謝る事しか出来ないリュシエンヌに、ジョエルは優しく微笑んでから、少しだけ真面目な顔になって顎《あご》を撫《な》でる。

「なに、リュシーとスケッチ旅行をするのも悪くない。オレの絵にはどうも人を惹《ひ》きつけるインパクトやパッションが足りないと前々から思っていてね」

「そんな事ないわ。ジョエルさんの絵はとても素敵よ」

「ありがとう。そう言ってくれるのは、リュシーくらいだよ。前々から行く先々で働きながら経験を積んで、スケッチをしたいとも思っていたんだ。その予定が少し早まっただけだと思えば、なんて事ないさ」

逃避行ではなく旅行なのだと和らげて言いながら、軽くウィンクしてくれるジョエルの優しさに、心が凪《な》いでくるのがわかった。

「それに思っていた以上に事態は深刻だ。リュシーが思い悩んでいたのもよくわかるし、立ち直ろうとしているのは正しいよ。ただ、罪だとは思わなくてもいい。昔は貴族間では当たり前の事だったからね。さて、どこへ行こう。スイスなんてどうかな？　それともドイツの街道を巡ろうか？」

それきりジョエルは兄妹間の事を話題には出さず、楽しい旅の計画を持ちかけるように、いつもの調子で話しかけてくれる。すべてを受け容れてくれたうえで普段と変わらず接してくれようとしているのだ。

「ジョエルさん……」

こんなに優しく頼り甲斐のあるジョエルとなら、この先どこへ行っても上手くやっていける気がしてきた。いや、やっていこうと思った。

地図を開いたジョエルに微笑んでリュシエンヌも地図を見れば、自由と希望が描かれていて、心が次第に晴れていく。

ジョエルと二人、スケッチをしながら心の赴《おもむ》くがまま好きな土地へ行き、働きながら旅費を稼いで、どこまでも自由に生きる。それは長年、兄の管轄《かんかつ》下でしか生きていなかったリュシエンヌにとって、とても開放的な感覚だった。箱の中でおとなしく育ってきた故、些《いささ》か自由への不安もあったが、勇気を出して箱からほんの少し顔を出せば、自由はすぐ目の前に広がっている事を教えてくれたジョエルに、感謝してもしきれない。

「う～ん、とりあえずスイスに行って、そこからドイツへ行くか、それともイタリアへ行くか……とにかくスイスへ行って、そこから決めようか？」

「私はどこへでも……ジョエルさんのお好きな所へついて行きます」

微笑みを浮かべて素直な気持ちを言ったのだが、そこで渋い顔をしたジョエルにおでこをつつかれてしまった。

「こら。これからは何事も二人で決めて行動するんだ。オレは束縛するつもりはないからね。自分の意見をしっかり持たないと定住をしない旅へは行けないよ」

「ご、ごめんなさい……」

「で、リュシーの行きたい場所は？」

本気で怒っていた訳ではないジョエルに笑顔で訊かれて、改めて地図へと目を向けた。

世界はあまりにも広く、いきなり自由に選べと言われても正直言うと迷ってしまったが、いつか読んで胸をときめかせた神話の地が不意に目に留まった。

ギリシャは地中海の蒼と丘に建つ白い町並みのコントラストが素晴らしく、また神話時代の建造物も遺っているとてもいい場所だと聞いた事がある。さらに隣の国へ行けばアジア文化が混在しているトルコだ。そこまで行き着くまでのヨーロッパの国々も素晴らしい文化の国ばかりで、きっとジョエルと共に歩いたらいやな事など忘れてしまえる気がした。

「私が行きたい場所は……」

勇気を振り絞って自分の行きたい所を指さそうとしたが、その時不意に玄関の扉が乱暴に開かれた。そして、そこには——。

「リュシーの行きたい所は、もちろんオレ達の胸の中だろう？」

「どこへも行く事は許さないよ。可愛いリュシー」

「お兄様……!?」

いつから話を聞いていたのかリュシエンヌの言葉を継いでエリクが歌うように言い、シリクが大股で入室してリュシエンヌの腕を摑んで抱きしめ、ジョエルに向かって威圧的な笑みを浮かべた。

「失礼、オーベルさん。リュシーがご迷惑をおかけしました。少しワインに酔っていたので、おかしな事を口走ったかもしれませんが、どうか忘れてください」

「いいえ、お言葉ですがリュシエンヌ様からワインの香りなどしませんでした。道を完全に踏み外す前に立ち直ろうとしています。あなた方もどうか今一度、ご自身の行動を省みてください」

ジョエルの言葉にシリクとエリクが同時に目を眇《すが》めた。察しのいい二人はリュシエンヌがすべての罪をジョエルに告白した事に気づいたのだろう。パトロンの二人に楯《たて》を突いてまで自分を守ろうとしてくれるジョエルが、どんな処遇を言い渡されるか考えただけで、リュシエンヌは自然と首を横に振っていた。

「いいえ、いいえ……ジョエルさん。私、お兄様の言うとおりワインに酔っていました。酔っ払いの戯《ざ》れ言につき合わせて、本当にごめんなさい……どうか、どうかすべて忘れて」

「リュシー、君は本当にそれでいいのか!? オレの事など気にしてる場合じゃないだろう。今ならまだ引き返せる。諦めちゃだめだ！」

穏やかなジョエルが初めて見せる激昂《げきこう》する姿に、本当に自分を思ってくれているのがわかり、リュシエンヌは溢れる涙を堪えて微笑んだ。

自分に初めて自由を見せてくれようとした人。未来は自分で選べば無限に広がる事を教えてくれようとしたけれど、兄達に見つかってしまった以上、もうジョエルの人生を台無しにする真似などリュシエンヌには出来ない。

所詮《しょせん》、箱の中で育った自分は箱の外では生きていけないのだ。そういうふうに育てられてきたのだから。だとしたら、自分に出来る最大限の事は――。

「シリクお兄様、エリクお兄様。ごめんなさい……酔っ払った私が変な事を言ったせいでみんなにご迷惑をかけてしまって。もちろんどこにも行かないわ。だからどうかジョエルさんの援助を止めないで」

縋《すが》る目をして凝視めるとシリクは目を細めて微笑み、目尻を濡らす涙を口唇で吸い取って頬を優しく撫でてくる。ジョエルに関係を知られてしまった今、その様子を見られるのは消え入りたいほど恥ずかしかったが、たぶんもう二度とジョエルに会う事は叶わない筈。

ならば、もういい。間違った道へ進もうとしているばかな自分の事など忘れて、素晴らしい絵を描き、いつかその噂を聞けるだけで充分だ。

「可愛いリュシーの頼みならいくらでも聞いてあげるよ。もちろんオーベルさんの援助は続けるとも」

「いつかリュシーをモデルにしたいとまで言っていたしね。父の代から投資しているんだ。傑作を描いてもらって回収させてもらわないといけないし」

兄達から言質を取ってホッとした。これで少なくともジョエルが路頭に迷う事はないだろう。もう二度と会えないだろうが、これが最善の道に違いない。

「ただ、あなたの絵には今ひとつ情熱というものが感じられない。もっと枠をはみ出すほどの大胆さを取り入れなければあなたはずっと売れない作家のままだ」

「絵に関しては男爵の仰《おつしや》るとおりです。ですが、あなた達は間違っている。リュシー、君もだ。そんな事でオレが喜ぶとでも思っているのか？」

ジョエルがなんとか思い直すように説得しようとしてくれていたが、リュシエンヌはエリクの胸へ顔を埋めて、もう二度とジョエルを振り返らなかった。

「リュシー、もう一度だけ考え直すんだ。今ならまだ間に合うんだぞ!?」

「なにを吹き込んだのかわかりませんが、これ以上リュシーを惑《まど》わせないでください」

「では、長居しました。どうぞ絵の制作に戻ってください」

「リュシー!!」

兄達に抱かれて背を向けたが、ジョエルの声が身体を鞭打つように責めているのを肌で感じた。それでもリュシエンヌは自らの意思で決して振り返らずに茨の道だとわかっていても、兄達と共に閉ざされた屋敷へと戻っていく道を選んだ。

「嬉しいよ、リュシー。オーベルの甘言にのせられなくて良かった」

「リュシーならオレ達の愛をわかってくれているね」

「……ええ、シリクお兄様、エリクお兄様……」

「だが、人に知られたらどうなるかもわかっているね」

「……はい」

断定的なエリクの言葉に、リュシエンヌはまた人形のように無表情のまま頷いた。

兄達の許へ戻るという事は、後戻りの出来ない罪だとわかっていても、もう後悔はしない。しないと心に誓ったのだが――。

† † †

ランプの明かりしかない地下室は、ひんやりとして澱《よど》んだ空気に満ちている。なのにリュシエンヌの身体には汗がじっとりと浮かび、身動きするどころか息をするのでさえ慎重にならざるを得なかった。

「ひ、う……」

太い梁《はり》から吊されたロープはリュシエンヌの細い手首をぎっちりと縛りつけ、腕を下ろす事すら許されない。痕《あと》が付かぬようタオルで保護されているが、指先が微かに痺《しび》れるほどきつく縛られている。

両脚に至っては当然の如く閉じられぬよう秘所が剥き出しの状態でテーブルに縛りつけられ、手を持ち上げたまま淫らなポーズを取る事を余儀《よぎ》なくされていた。

そして無防備に開いてしまっている蜜口には、どこまでも透明で兄達よりも逞《たくま》しく反り返った、クリスタルの張り型が埋められているのだった。

「お兄様……お願い、もう抜いて……とても冷たいの……」

張り型を目の前に翳された時、兄達よりも張り出した括《くび》れにおののいたが、まさに凶器のようなそれは挿入される時に威力を発揮した。

蜜口に触れただけでも、跳び上がってしまいそうなほどの冷たさでリュシエンヌを苛《さいな》み、本物のクリスタルである事を証明するようにずっしりと重くもあり、腰がどうしても落ちてしまう。しかし重さに耐えきれずに腰を落とすと、兄達はリュシエンヌの白桃のような尻を叩いて、腰を上げる事を強要するのだ。

今もまさに腰を落とした瞬間、シリクに叩かれて腰をおずおずと持ち上げた。

「もう冷たくない。身体の熱が移って熱いくらいだろう？」

「それにしても、簡単にのみ込んだね。オーベルはそんなに悦《よ》かった？」

「あぁっ……ぁ……してない。してない、わ……んっ、あぁっ！　そんなにしないで……」

エリクに張り型を抜き挿ししながら問われ、首をふるりと振って否定したが、括れで媚《び》肉《にく》を擦られる度にくちゃくちゃと淫らな音をたててしまい、腰が快楽に引き攣《つ》っている状態では、まったく信用してもらえなかった。

「お願い、信じて……ジョエルさんとはなにもしてないわ……」

「ならばなぜあの男から水の匂いがしたのか是非《ぜひ》とも知りたいね」

「正直に言ってごらん。オレ達が娘達に捕まっている間に、オーベルにこうやって……好《よ》くしてもらった？」

「あぁっ、あ……ぁ……やぁっ、ん……んんっ……てない。してないわ……」

こうやってと言いながら抜き挿しを烈《はげ》しくされ、媚壁を捏《こ》ねられる度に甘えた声が洩れた。それでも身の潔白を訴えるよう首を振って否定するリュシエンヌの秘所に、兄達はランプを近づける。

「さすがは最高級のクリスタルで作らせただけはあるな」

「フフ、リュシーの中の様子がよくわかる。こんなに綺麗な薔薇《ばら》色だったんだね。あぁ、感じてひくひくしながら奥へ吸い込もうとしてる」

「いや、いやぁ……そんなところ見ないで……」

　身体を探られるだけでなく中の様子まで覗き見られる事は、兄達に純潔を奪われた時と似たような喪失《そうしつ》感があった。自分ですら知らないのに、これで永遠に兄達の支配下から逃れられないような気分にさせられた。

　いや、ジョエルに頼って逃げようとしていた事すら今は遠い。最初から兄達の呪縛を振り切る事など出来なかったのだ、きっと。現に身体はおぞましい張り型をあっさりとのみ込み、快楽を得ている時点で兄達を受け容れているとしか思えなかった。

「あ、ん……ふ……ぁ……あぁ……」

「フフ、美味しそうにしゃぶり始めた……」

「オーベルの痕跡《こんせき》をすべて掻き出してあげるよ」

「え、あ……あぁっ！　あぁぁあぁ……っ！」

　リュシエンヌにより深い快感を与える為か、先端の丸みから括れまでは、わざとざらついた加工を施されている張り型で、最奥を捏ねるように掻き混ぜられて、そのあまりの刺激に狭くなった媚壁《びへき》を、兄達のそれより張り出した括れがすべてを掻き出すように一気に抜け出ていく。

「ぁ……っ……」

　ざらついた先端が抜け出る瞬間の、蜜口が慎ましやかに閉じていく様をじっくりと観賞した兄達が、リュシエンヌの目の前に今まで含まされていた張り型をランプに翳して見せつけてくる。

「フフ、温かい……リュシーの中と同じ熱さだ」

「持っていくようにしゃぶりついていたからね。滑り落としそうだ。オーベルはすべて掻き出してくれたのかい？」

「ごらん、こんなにべとべとで……これはいったいなに？　オーベルの前でもこんなに濡らしたの？」

「いやぁっ！」

　畳み掛けるように淫らな追及をされて、愛蜜《あいみつ》をたっぷりとたたえているおぞましい張り型から顔を背けた。兄達の前でなら、こんな物にも感じてしまえる自分が信じられない。

　苦しくて苦しくて仕方がなかったのに、見せつけられた張り型は、エリクの手まで濡らすほどで。これで感じていたのでは、兄達が楽しげに訊いてくるのも当たり前だ。

しかしジョエルを引き合いに出されても、気遣われた事はあるにしろ、兄達が疑っているような事は本当になにもなかったのだ。何度も訂正しているのに、兄達はどうして信じてくれないのだろう。

「お願い、信じて……ジョエルさんはただ絵に没頭してて、二日シャワーを浴びていないから私に気を遣って浴びただけで、お兄様達が言っているような事は本当になにもしてないから……」

信用してもらいたい一心で、背けた顔をおずおずと向けると、エリクは張り型を触っては、そこに付着している愛液を掬《すく》って糸を引く様子をランプの炎に翳す。

「確かにオーベルの痕跡はなにも遺ってないね。身体もリュシーの味しかしなかったし」

挿《い》れられる前に身体中を二人に執拗《しつよう》に舐められたのは、ジョエルの残り香を探っていたのだと、エリクの言葉で今わかった。もちろん長大な物を挿れる為に、身体を蕩けさせる意味合いもあったのだろうが、その張り型さえリュシエンヌの不義を見つけ出せるよう、異常に張り出した括れをして、中まで見える透明なクリスタルである必要があったのだ。

いつの間にそんな物を用意していたのかわからないが、そこまで徹底して自分を囲い込まなければ、兄達は安心出来ないだろう事も朧気《おぼろげ》ながらもわかってしまった。

狂気の沙汰《さた》としか言いようがないが、そんな兄達が友人達と仲睦まじく接している姿を見て、嫉妬を覚えてしまった自分も同じくらい狂い始めている——気がした。

現に身体は中途半端に放り出されたままなのがとてもせつなくて、兄達を欲している。秘所がひくりとさざめいて、兄達の灼熱《しゃくねつ》を受け容れたがっていた。

「あぁ、シリクお兄様、エリクお兄様……信じて……」

腰を淫らに波打たせて、ねだるように甘えた声で呼ぶと、その淫らな仕種を見ていたエリクは心が傾いたようで――。

「そろそろ許してあげようか？」

「いいや、まだだ。オーベルと駆け落ちしようとしたしな。ね、リュシー？」

シリクはまだ怒っているらしく、そのくせ笑みさえ浮かべてリュシエンヌの顎を摑む。

「駆け落ちじゃないわ……」

そんな大それた事をしようとした訳ではない。ただ、兄達を愛し始めてしまっているかもしれない自分に恐れをなして、唯一頼りになるジョエルに逃がしてもらいたいと乞うただけで、駆け落ちなどでは決してない。

「わかってないね、可愛いリュシー。たとえ今は愛していなくても、男と女が二人だけで旅をしていたら、頼れる相手といつか愛し合うようになるんだよ」

「確かに。オーベルならリュシーを奪うに違いない」

「ジョエルさんはそんな人じゃないわ。それにジョエルさんは私を妹としてしか見てないもの。そんな事にはならないわ……」

　首をふるりと振って否定したが、それがなぜか兄達の逆鱗《げきりん》に触れたらしい。シリクはますます目を眇め、エリクは柔らかな尻に指を食い込ませてきた。

「オレ達よりもオーベルの肩を持つ気かい？」

「本当になにもわかってないね。紳士然としているけれど、あいつだってひと皮剝《む》けばただの男だよ。リュシーが許せば喜んでとび掛かってくるさ」

「そんな……」

　あの温厚なジョエルが兄達のように、自分に欲望を向けるとは思えない。むしろ自分を神聖化して見ている節のあるジョエルなら、こんなに淫らな事に耽《ふけ》っている自分を軽蔑《けいべつ》する気がする。しかしもしも兄達の言うとおりジョエルに欲望を向けられたら、きっと怖気立ってしまうだろう。

「こうやって……リュシーの身体をオーベルが触れてきたらどうする？」

「いや、いや……ジョエルさんとこんな事をするのはいや」

　兄達の手が身体中を這い、時折指を食い込ませてくる。官能を刺激するように双《ふた》つの乳房も揉みしだかれ、開ききった秘所にも触れられて、もしもそれがジョエルの手であったらと思っただけで、身体は快感ではなく嫌悪を感じた。

　しかしそこで嫌悪を感じてしまった事に愕然ともした。普通なら他の男性との睦《むつ》み合いに身体が自然と反応してもいい筈なのに、想像だけで嫌悪を感じてしまうほうがおかしい。

むしろ兄達とこのような事をして感じているほうが異常なのに、いつの間にか兄達でなければ感じない身体になっているなんて、やはり自分は——。

「わかってくれればいいんだ」

「もちろん指一本、触れさせないよ」

「だからもう二度と他の男に見向きもしないと誓《ちか》うね？」

兄達の言葉は、まるで毒のようだった。耳の中へ直接吹き込まれて、頭の中が痺れるような甘い毒。その毒に犯されきって、心の中で芽生えてしまった兄達への感情を、はっきりと認めてしまいそうな自分がいる。

いや、でもここで認めてしまったら、あとは諸共、修羅《しゅら》の道へ堕ちていくだけだ。そうなった時、自分がどうなってしまうのかわからない。わからないけれど——。

「リュシー、リュシー……愛しているよ……」

「他の誰よりも愛している。オレのリュシー……」

「あぁ……シリクお兄様、エリクお兄様ぁ……」

愛を囁かれる度に罪を感じるのに、なぜだか身体が悦んでしまう。それが答えなのだろうかとも思ったが、まだ認める言葉を口にする事は躊躇《ためら》われた。

「案外、強情だね」

「ならばもっと気持ちよくしてあげるよ」

「あぁ、そんな……あっ、あぁっ……」

　兄達の手や口唇が、リュシエンヌを快感へ導こうと本格的に動き始めて、思い至りそうになっていた考えは霧散した。

「あン！　だめぇ、エリクお兄様ぁ……そんなにしたらだめなの……あぁっ！　シリクお兄様もそんなにいっぱいだめぇ……！」

　エリクに両の乳房を揉みしだかれながら乳首へキスをされて、シリクの口唇と舌が秘所を舐め啜《すす》っているうちに身体の中で燻《くすぶ》っていた熱が再燃して、絶頂まで一気に燃え尽きそうになってしまった。

「あぁん……んっ、ふ……ふぁ……ぁ……」

　兄達の呼吸は絶妙で、なんの示し合わせもしていないのにリュシエンヌを挟んで焦らすような愛撫《あいぶ》をしていたかと思うと、乳首と秘玉を同時に吸い、そのあまりの刺激に達《い》きそうに身体が強ばると、また同時に離れていくのだ。

「あぁ、いやぁ……」

　あともう少しで達けそうだった身体が、焦れて反り返る。がくがくと震えて呼吸は荒くなり、ひりつくような熱に焼かれ、太い梁から吊されているロープがギシギシと鳴る。

「あぁ……あ……ぁ……」

　その淫らな様を眺めていた兄達は、リュシエンヌが落ち着きを取り戻してくると、また悪戯な指淫を再開して、リュシエンヌを啼《な》かせた。触れられる度に達きそうになる間隔も短くなってきて、実際に涙しながら身体を淫らにくねらせては、兄達の愛撫をより深く味わおうと貪婪《どんらん》な仕種で兄達へ身体を差し出すのだが、やはりギリギリのところで止められて、もうどうにかなりそうだった。

「……かせて……もう、もうだめぇ……いきたい……達きたいの……」

もう淫らな願いを口にする事さえ抵抗もなくなり、うわ言のように何度も乞い願うリュシエンヌに、兄達は満足げに忍び笑う。

「フフ、可愛いおねだりだ」

「いちおうお仕置き中なのに困った子だね」

「いやぁ、ん……お兄様達の言うとおりにするから……なんでもするから……お願い、リュシーを達かせてぇ……」

身体の熱に耐えきれずに甘えた声で言った途端、蜜口がひくりと収縮して、愛液が糸を引いてテーブルへとたれていく。その淫靡《いんび》な光景を目と鼻の先で余すところなく見ていたシリクが、舌先で蜜口をくすぐるように舐めた。

「あぁん！　んっ……んぅ……好い……」

負けじとエリクも尖《とが》りきった乳首を舐めほぐしては、音がたつほど吸いつき、リュシエンヌから甘い声を引き出す。

「あん……ぃい……好《い》い……気持ちいい……もっと、もっとしてぇ……」

もう達く事しか考えられず、兄達の舌の動きに合わせるように身体を波打たす。

そうするともっと気持ちよくなれて、何度も達きかけては退いていった絶頂の予感がどんどん高まってくる。

「ん、んふ……ぁ、あぁん……ん、んん……」

それでもまだ達くには優しい愛撫に身体が焦れて、まるで挿入されている時のように自ら腰を使う。そんな仕種を兄達がジッと見つめているのにも感じてしまい、腰をさらに淫靡に動かし、快楽に溺れきる。

「あぁん、あん……達きたいの……吸って……さっきみたいに吸ってぇ……！」

散々に焦らされていたリュシエンヌが羞恥《しゅうち》の中で懇願《こんがん》すると、シリクとエリクは愛おしくて可愛い妹の淫らな願いを叶えるべく、同時に乳首と秘玉を思いきり吸った。

「――っあぁぁあぁぁあっ！」

ようやく達けた身体が歓喜に打ち震え、上り詰めるのに合わせて身体がしなやかに伸び上がり、極上の快楽に浸りきる。その間は息すら止まり、そのくせ身体はびくん、びくん、と何度も跳ねていたのだが――。

「あ……？　あぁっ、あ……いや、いやぁ……！」

絶頂の波が退いていき、余韻に浸っていたリュシエンヌが落ち着く間もなく、シリクとエリクは舌と口唇を駆使して、また絶頂に追い上げようとする。

「いやぁ……まだ弄《いじ》っちゃいやぁ……達ったの。もう達ったの……！」

深い絶頂のあとに敏感な箇所を弄られるのは、あまりにもつらすぎた。身体が悲鳴をあげるように捩《よじ》れたが、シリクもエリクもやめようとしない。

「んんん……んや……っ……ぁ……あ……あぁっ……」

あれだけ奔放に達ったのに、身体はもうこれ以上の快感は欲しくないと叫んでいるのに、口唇で吸われ、舌がひらめくと貪欲《どんよく》な身体は微かな官能を拾ってしまう。その度に身体は大袈裟なほど跳ねるが、シリクもエリクもどこまでもついてきて、リュシエンヌに悲鳴のような声をあげさせた。

「もういや……達くのいやぁ……！」

首をふるふると振って訴えても、乳房を揉みしだかれては両の乳首を吸われ、秘裂を舐め上げられては秘玉を吸われ、どうにかなりそうな強い刺激に涙が溢れる。

達く為なら兄達の言うとおりなんでもすると言った事を後悔したが、これ以上は無理だという限界を超えた瞬間、信じられない事に身体はまた兄達の愛撫に応えるよう反応し始めて、リュシエンヌは感じながらも戸惑った。

「いや、ん……あぁっ、どうして……ぁ……また……」

身体にわだかまる熱が徐々に上がってきて、兄達の舌先がくすぐるように愛撫してくると、どんどん心地好くなってしまう。そんな自分の貪欲な身体が信じられない。しかしシリクの指が蜜口を撫でるようにして押し入ってくると、余計な事はまた考えられなくなり、くちゅくちゅと出入りするのに合わせて腰が自然と揺らめく。

「あぁん……あん、あっ、あ……ぁ……あぁっ……ん、あ……」

最も好い箇所をつついては抜き挿しされて、甘えきった声が洩れてしまう。エリクも負けじと乳房を捏ね上げては乳首を吸って、舌で転がしてくる。自らの甘えきった声に交じって、上からも下からも粘ついた音がひっきりなしに聞こえ、このままではキャンディーのように舐め溶かされてしまいそうだ。いや、その前に自分のほうが蕩けてしまうかもしれない。そのくらい気持ちよく、また徐々に身体が上り詰め始めた。

「あんん……あ、あぁっ……っちゃう……また達っちゃう……」

「ならばここでやめようか？　もう達くのはいやなんだろう」

「いや……意地悪言わないで……あ、ん……達かせてぇ……」

自分でもいやになるほど甘い声でねだると、シリクはクスクス笑いながらも指淫を烈しくする。エリクは相変わらず乳房を揉んでいたが、リュシエンヌにくちづけて舌を引き出しては、舌と舌を擦り合わせて絡めてくる。

「ん……んふ……ぁ……あん……ん、んん……」

拙《つたな》いながらもエリクを真似て舌を絡め合うのが心地好い。そして散々、舐められた乳首もじわじわと疼いてまだ舐められているようで、全身が性感帯になったようだった。

兄達は競うようでいて、絶妙に息の合った舌戯や指戯でリュシエンヌから声を引き出し、深い快楽を与えてくる。耐えきれずに身体がぶるりと震え、絶頂の予感に弓形《ゆみなり》に反っている身体がさらに仰《の》け反《ぞ》る。

「ぁ……また達く……また……また達っちゃうぅ……！」

あるかないかわからない薄い腹筋がひくつき、身体が徐々に強ばってくるようになると、エリクは乳房を鷲《わし》掴み、尖りきった乳首を摘まむ。そしてシリクはちゃぷちゃぷと派手な水音をたてて指を烈しく出入りさせ、最も感じてしまう内側を折り曲げた指で擦り、同時に秘玉を思いきり吸う。

「いやあぁぁあぁん……！　んっ……ん……ぁ……ん、ふ……あ、あぁぁあぁぁあっ！」

乳首と秘玉を同時に吸われる度に悲鳴のような声をあげて、リュシエンヌはシリクの指を締めつけながら何度も何度も上り詰めた。

「あぁぁあ！　いや、いやぁ……！　もうやめて……やめてぇ……変になっちゃう……」

「オレ達を愛していると言ったらやめてあげるよ」

「あぁ、そんな……あ、あぁぁあ！　あぁっ！　あぁあ！」

「喘《あえ》いでいるだけじゃわからないよ」

吸われる度に頭の中で真っ白な光が瞬き、快楽を感じる事しか出来なくなる。本当に変になってしまいそうなほどで、それが恐いのに兄達はリュシエンヌの官能をつま弾くように何度も吸い上げ、最初は甘かった喘ぎ声が啜り泣きに変わる。

兄達を愛していると認めたらラクになれる――わかってはいるが、完全に降伏して認めてしまったら、最後の一線を越えてしまう。そうなった時に兄達との関係がどう変化するのか未知数で、口唇を噛んで堪えていたのだが、そうすると兄達の愛撫はさらに烈しさを増していく。

「リュシー、言って」

「あぁ……愛して……あ、あぁっ！　あ……ぁ……――」

限界を超えた身体が悲鳴をあげ、訳がわからなくなりかけたところで優しく囁かれた瞬間、エリクの優しい声につられてしまったが、頭の中で瞬いていた白い光が目の中でも瞬き始め、焦点が合わなくなり、身体がぐらりと傾いで蕩けきった腰がテーブルへと崩れ落ちたと思った時には――。

「リュシー？」

「失神するほど悦かったなんて、ちょっとやりすぎたかな」

「けれどあとひと息でリュシーはオレ達のモノだ」

兄達が何事か話しているようにも感じたが、限界すら超えてとうに失神してしまったリュシエンヌは、シリクとエリクの忍び笑いにもまったく気づかなかった。

第六章　美しくも歪んだ罪

酷《ひど》い悪夢から目覚めて身体をゆっくりと起こしたリュシエンヌは、腰に疼痛《とうつう》を感じて顔を僅《わず》かにしかめた。それでもその痛みにもすっかり慣れてきて窓辺へと近づくと、目線の高さまで石塀が屋敷を囲んでいて、愛すべき町並みは地平線程度しか見えなくなっていた。

（とうとう完成してしまったのね……）

　ふとため息をつき、これで本当に箱の中に閉じ込められてしまった事を感じたが、もう既に嘆《なげ》く気力はなく、新しい石塀と他者を寄せ付けない厚い門扉を、感情のこもらない瞳でただただ凝視《みつ》めた。

　あの日、ジョエルの許へ逃げたお仕置きに地下室で身体を苛《さいな》まれた翌日から、兄達は業者を呼んで開放的な柵《さく》をすべて取り除かせ、頑丈な石塀へと造り替えたのだった。

　石塀を築く家自体はこのゴルド村ではよくあるので、誰もその改築を不思議にも思っていないようだったが、あの日、どこにも行かせないと言っていた兄達が、自分を逃がさない為にどこの家よりも高い塀を築き上げた事をわかっていた。

幸いな事に広大な庭があるので閉塞感はなく、それまでも庭仕事をする程度で外出はあまりせずにいたので不自由は感じていないが、もう二度と外出が出来ないと思えば気が触れてしまいそうだった。

いや、兄達に毎夜のように愛していると囁《ささや》かれ、リュシエンヌからの愛の囁きを引き出そうと快楽を与え続けられている時点で、自分はとうに狂い始めているのかもしれない。

肌を重ねる毎に深い深い官能に身体は敏感になっていくようで、最後には訳がわからなくなる事も多々あり、自分がなにを口走っているのか最近ではあまり覚えていない。

それでもなけなしの理性で、兄達を受け容れるような事は口にしていないと思うのだが、口にしないだけで身体は兄達をすっかり受け容れている時点で、そんな努力も無意味なように感じた。しかし兄達はどうしても、リュシエンヌの口から愛の囁きを聞きたいらしい。身体だけでなくリュシエンヌの心まで欲しいらしいのだ。

（けれど、私はお兄様達を……——）

家族としてではなく、男女の間柄として兄達を愛しているが、やはり口にするのが恐い。

身体はとうに兄達のモノになってしまっているし、友人達と仲睦《なかむつ》まじくする姿を見て、嫉妬《しっと》を感じもした。しかし手放しで兄達を受け容れて心からの愛を捧げるには、抵抗がありすぎる。どう考えても兄妹で結ばれていい筈《はず》などないのだから。

それでも身体は兄達の愛撫《あいぶ》をしっかり刻み込まれていて、他の男性と同じような事をするのを想像するだけで怖気が走る。

ならばやはり兄達を愛しているのだと思うが、そこで理性が立ちはだかり、否定しようとする心が芽生えて、考えは堂々巡りになってしまうのだ。

(けれど……)

リュシエンヌの心も欲しがっている兄達が、身体だけを手に入れただけで満足している訳がないのもわかっている。いくら寛大な心の持ち主であっても、このまま黙って待っている筈がない。本格的に屋敷へ閉じ込められた今、兄達は着々と包囲網を狭め、自分を追い詰める用意をしているように思えた。

なにをされるかわからないが、逃げられなくなった今、もしもなにかを企てているとして、それに直面した時、自分がどうなってしまうのだろう?

(あぁ、誰か……私を助けて……)

もはや神様に頼るのも憚《はばか》られ、思うだけでも罪深い。かといってジョエルのような善良な人を巻き込んでしまったら、兄達がどんな制裁を加えるか身を以て知ってしまった今、誰かに頼る事など出来ないが、一人では背負いきれない問題を誰かに救ってほしかった。

しかし現実はとても残酷で、救いの手などいくら待っていてもない事もわかっている。

それでも救いを求めるのは、いけない事だろうか？

誰かに頼らなければ生きていけない、お嬢様育ちの自分の考えが甘いのだろうか？

考えれば考えるほど自分を責める言葉しか思い浮かばず、鬱々《うつうつ》とした気分で窓の外を見るともなしに眺めていると、不意に扉をノックする音が聞こえた。振り返ってみればそこにはエリクが立っていて、窓辺で身構えるリュシエンヌに笑顔で近づいてきた。

「なにを見ていたんだい？」

「……高い塀のおかげでなにも見えないし見ていないわ」

つい反抗的な口ぶりで言うと、エリクは背後からそっと抱きしめて髪にくちづけてくる。

「塀を高くしたのは賊避けだよ」

「嘘よ。私を逃がさない為なのでしょう」

「リュシーはどこかへ逃げたいのかい？」

「それは……」

思わず言葉に詰まって黙り込んでしまった。直球で訊かれてしまうとどう答えていいのか自分でもわからない。正直に言えば兄達から逃げたいと思った事は何度もある。しかし逃げたとしても無駄な事も充分にわかっている。もう既にリュシエンヌが頼れる場所はどこにもないのだから。

それに兄達から逃げたいというより、今の状況を考える事から逃避したいという思いのほうが強い。自分の気持ちが迷宮に迷い込んでいる今、なにも考えずにただ平穏でいたい。

「もういや。なにも考えたくないわ……」

「考え込む必要なんてないよ。最近のリュシーはシリアスになりすぎだよ。一度きりの人生なんだから、もっと楽しまなきゃ損だよ」

まさか思い悩んでいる原因を作っている張本人のエリクに励まされるとは思わずに、つい笑ってしまった。

天使のように美しく、村の誰よりも頼り甲斐があり自慢だった兄。その兄達の隠された欲望を目の当たりにして深刻にならないほうがおかしいのに、そんな事も考えずに享楽《きょうらく》的な人生を送れるほど自分はばかではない。

「いつから？」

「ん……？」

「エリクお兄様もシリクお兄様も、いつから私を女性として見ていたの？」

あってはならないという罪は置いておき、実の妹を愛するなんて感情は、普通の感覚ならまず芽生えない筈。だからずっと疑問に思っていた。

「そうだな……目の中に入れても痛くないほど可愛くて愛おしく思っていたのは、リュシーがまだ赤ん坊の頃からだけど、オレとシリクを完璧に見分けているのがはっきりとわかって、娘らしく恋愛話をするようになった十二歳の頃には、もう愛し始めていたよ」

「そんな頃から……」

ませた話題を口にするようになったのは、確かにその頃だけれど、まだまだ子供の部分が多かった自分をそんなに昔から愛していたなんて、思いも寄らなかった。

「これでもいちおう思い悩んでシリクに打ち明けてみたけれど、シリクも同じ気持ちな事がわかってね。リュシーを競うように可愛がっているうちに、ただ可愛いだけじゃ済まなくなって、本気で愛していると自覚したんだ」

その間もリュシエンヌはどんどん成長し、娘盛りを迎えて身体つきも女性らしくなり、想いは募るばかりだったが、両親の手前、ひた隠しにしてきたとエリクは言う。

「わかったかい？　オレもシリクも兄妹の垣根を越える禁忌《タブー》など、とっくの昔に乗り越えていたんだ。父様と母様が亡くなった事も大きかった。あとは前に告白したとおりだよ」

父様と母様が亡くなった今、想いを隠すつもりはないと告白されたのはいつだったか。もうずいぶんと前のようにも感じるが、それよりも。

兄達も人並みに妹を愛する事に葛藤《かっとう》していたのを知り、ホッとしたものの戸惑いも感じた。両親の死が引き金であったとしても、それでもなお愛を貫き、狂おしいまでに求められて、愛を囁かれていたのだ。

ただ愛していると何度も何度も呪文のように囁かれるよりも、今の話を聞いてしまったほうが、なんだか心に響いてしまった。

兄達に愛されたのはリュシエンヌにとってとてもショックであり青天の霹靂《へきれき》だったが、兄達にとっては、長年温め続けていた想いを兄達なりに段階を踏んで表現していたと――そういう事ではないだろうか？

「訊かなければよかったわ……」

兄達の想いの深さを知ってしまい、後悔してため息交じりに言うと、エリクはクスリと笑って抱きしめる力を強くした。

「オレ達のせつない想いが少しは伝わったって事かな？」

「罪は罪だわ……」

兄達の豹変《ひょうへん》に恐怖を感じた事もあったが、兄達にもそれなりの考えがあった事を知ってしまい、ただ闇雲《やみくも》に自分を追い詰めているのではない事だけはわかった。けれどやはり兄妹で過《あやま》ちを犯す事には大いに抵抗があり理性が勝る。

「常識を捨てられない？」

「それが普通だわ」

即答するリュシエンヌに、エリクがため息をついて腕を解いた。リュシエンヌの話を聞き、考え直してくれたのかとも思ったが、そうではなかった。背中を向けていたのが仇《あだ》となり、抱きしめる代わりに掬《すく》い上げるようにして抱き上げられてしまった。

「きゃっ……!?」

咄嗟《とっさ》に首へ抱きつくとエリクは頬にくちづけてから、艶然《えんぜん》と微笑む。その笑みは天使のように美しかったが、悪魔に魅入られて堕天した天使のようでもあり——。

「オレ達に愛されて感じている時点で、もうリュシーも普通ではないよ。常識なんかに縛られているくせに、オレ達に貫かれて何度も歓喜したのは誰？」

「いやっ……言わないでっ」

「愛しているよ、リュシー。もう悩まずに済むほどの極上の快楽を今すぐあげるよ」

「いや……エリクお兄様、もう地下室はいや！」

　扉に向かって歩き始めたエリクに、また地下室で身体の自由を奪われて、訳がわからなくなるほどの快感を与えられるのだとわかり、落ちるのを覚悟で藻掻《もが》いたが、エリクの逞《たくま》しい腕はびくともせずにリュシエンヌを抱きしめている。

　逃げる事も出来ず、また地下室へ連れて行かれる恐怖に怯《おび》えていたが、エリクは階段を下りる事はなく、廊下を真っ直ぐ進んでいく。そこに至ってリュシエンヌは信じられない思いでエリクを見上げたが、目すら合わせずにエリクは廊下を突き進む。

　広大な屋敷ではないが、それなりに広い屋敷の最奥。そこはかつて両親が使っていた主寝室だ。誰の私室よりも広く豪華であり、そして夫婦仲良く眠っていたキングサイズのベッドが鎮座している部屋。もはや恐怖の対象でしかない地下室より質《たち》が悪い。エリクは神聖なる両親のベッドでリュシエンヌを抱くという、最大の禁忌を犯そうとしているのだ。

「嘘でしょう……エリクお兄様、冗談はやめて！」

「もうすぐシリクも来る。リュシーのベッドだとどうしても落ちそうになって大変だし、地下室はいやなんだろう？　この家で一番広いベッドは父様と母様のベッドだからね。ここなら三人で愛し合うのにちょうどいい」

「いや、いやっ！　お父様とお母様に対する冒瀆《ぼうとく》だわっ！」

　ベッドへ下ろされた途端にすぐさま逃げようとしたが、リュシエンヌの行動など最初からわかっていたというように覆い被さられ、エリクはくちづけようとしてくる。

「ん……いや！　い……っ……ん、んんんっ！」

　首を振ってなんとか逃れようとしても無駄だった。息すら奪うほど熱烈なキスを受けてしまい、抵抗の言葉は封じられた。それでもエリクの背中を叩いてどうにかして逃げようとしたが、そのうちに口腔の最も感じる場所を舐められて叩く力も抜けてしまった。

「んっ……ふ、ん……ぁ……ん……」

　両親のベッドで兄と舌を絡めていると思えば、感じるなんてあってはならない事なのに、知り尽くされた身体はいとも簡単に操られてしまう。

　逃げようとする力を逆に利用されて、キスを続けながらも薄いネグリジェ越しに双《ふた》つの乳房を揉みしだかれ、尖《とが》り始めた乳首を摘まれてしまうと、身体はあっという間に熱を帯びて兄の愛撫に応えてしまうのだ。

「んん、ぃや……い、やぁ……ぁ……」

「フフ、なにがいやなのかわからないな……」

「んぅ……ッ……んん、ぁ……どうして……どうしてこんなに酷い事をするの……？」

　再びキスを仕掛けられ、それを諾々と受け容れてしまったが、キスを振り解いて涙目で訴えた。している事は確かに普段と変わらないかもしれないが、両親のベッドで不埒《ふらち》な真似をする事自体が、充分に酷すぎる。

　しかし先ほど言ったように、禁忌の感情をとうに乗り越えてしまったエリクは、両親のベッドで事に及ぶのすら問題視していないようだった。

「オレは優しく愛しているつもりだよ。それに……父様も母様もこのベッドで同じように愛し合ってオレ達が生まれたんだ。言わばオレ達の根源《ルーツ》で愛し合うんだから運命的だろ」

「いやぁっ……そんな事言わないで……」

　そんな生々しい話は聞きたくない。たとえそのとおりだとしても、リュシエンヌにとって両親は、常に寄り添って静かに愛を重ねていた神聖なる存在なのに、まさか自分たちのベッドで兄妹がこんな事をしていると知ったら、天国から見ていたら、きっと悲しむに違いない。ましてや運命的だなんて事は一切ないし、エリクとこうやって両親のベッドで淫《みだ》らに身体を重ねる事は、さらなる罪を背負ってしまった背徳感しかない。

「やめてぇ……エリクお兄様、やぁっ……あぁ、あ、ん……ん……もうしないで……」

「そんなに好い声で頼まれても聞けないな。ごらん、リュシーの身体はすっかりオレに応えているよ。とても淫らで――もっと欲しくなった」

「きゃあっ！」

乳房を掬い上げるように持ち上げられ、ネグリジェを押し上げている乳首を摘まれたかと思うと、エリクの手がさらに首元へ伸びていき、たぐり寄せたネグリジェを一気に切り裂いた。

「あぁ……」

布地が裂けるにしたがって、白い乳房が、柔らかな身体のラインが、淡い叢《くさむら》で隠されている秘所ですら露わになっていく。そしてエリクはリュシエンヌを全裸にしてしまうと、腕に絡まる布地でリュシエンヌの腕を頭上でひとまとめにして拘束し、自由を奪った。

「エリクお兄様……どうか思い直して……」

無駄だとわかってはいたが、エリクにやめてもらうよう懇願しても、エリクはまるで十字架に磔《はりつけ》にされたような格好のリュシエンヌの裸体を、ため息ともつかない息をつきながら見入っていて、まったく聞こえていないようだった。

「まいったな……リュシーの身体はどうしてこんなに魅力的なんだろう。いくら見ても見飽きる事がない。天鵞絨《ビロード》のような手触りで吸いついてくるし、ほんの少し触れただけでこんなにも敏感に反応してくれる」

「ぁ、ん……だめ、だめぇ……」

腰に食い込ませた指を滑らせて、身体のラインを辿る。向かう先は横になってもほぼ崩れる事のない、震える双つの乳房である事が指を通して伝わってくる。唯一自由になる首を振ったが、気持ちとは裏腹に、胸の頂《いただき》は早く摘まんでほしいとツン、と尖りきっていた。

そんな自分の恥知らずな身体に嫌気が差したが、兄達にそういう身体に作り替えられてしまったのだ。もちろん兄達ばかりのせいではない。自分もまたいつの間にかこんなにも兄達の愛撫に悦《よろこ》び、心待ちにしている身体になっていて——。

「フフ、そんなに胸を突き出して……触ってほしいのはここ？」

「あぁっ……あ、あぁん……ん……」

乳房を捏《こ》ねながら指先に尖りきった乳首を捉えられ、円を描くようにまあるく弄《いじ》られる。小さな粒が指の動きに合わせて愛撫される心地好さに、身体が自然とくねってしまい、その仕種がエリクを余計に喜ばせた。

両親のベッドだとわかっているのに、胸を少し弄られただけでこんなにも感じてしまう。なんて罪深い身体なのだろう。わかっているのに、わかっているからこそ耐えなければと思うが、エリクの愛撫は巧みで声を押し殺す事すら出来ない。

「知っているよ。リュシーはオレとシリクに同時に乳首を吸われるのが大好きなんだよね。けれどシリクはまだ来ないから、今はオレだけで我慢して……」

「あっ……あぁん、あっ……あ……ぁ……あン！」

乳暈《にゅううん》ごと吸い込むように口に含んで舌を絡ませては吸いながら、もう片方の乳首を指先で紙縒《こよ》るように弄られて、知らぬ間に胸が反ってしまう。すると余計に差し出すような形となり、エリクのいいように愛撫されてしまい、自分でもいやになるほど甘い声が溢《あふ》れる。

「んふ、ぁ……ん、んぅ……ぁ、あん、もういや、いやぁ……」

　何度も何度も吸われては口唇で引っぱられて、離した時の揺れる仕種を愉しまれ、また思いきり吸われる。指先で弄られている乳首も凝《しこ》りをほぐすよう摘まれては、乳房を何度も揉みしだかれて。

「あぁん、もう……そんなにしたらだめぇ……」

　柔らかく咬《か》んでは甘く吸いながら、凝った乳首を指先で速く擦られると、どうしようもないほど感じてしまい、ジンジンとした甘い痺《しび》れが湧き上がり、それが下肢にまで伝わって、触れられてもいないのに秘所がひくひくと息づき始めた。たまらずに脚を摺《す》り合わせると既に濡れた感触がして、理性ではいけないと思うのに、開発されきった身体は、疼《うず》く秘所を弄ってもらいたいとひくつくのだ。

「あ、ん、んく……エリクお兄様ぁ……」

　濡れた秘所を、理性が吹き飛ぶほど弄って達《い》かせてほしいという欲求に、脚がエリクを挟み込むように自然と折り曲がってしまう。しかし淫らな願いを口には出来ず、ただ甘えた声で呼ぶ事しか出来ずにいたのだが、欲しがる身体が暗に伝えていたのだろう。乳房を揉んでいた右手が身体を撫《な》で下ろし、期待に打ち震える秘所へと伸ばされた。

「あん……ん、ん……ぁ……」

淡い叢の感触を愉しむように指を絡めては軽く引っぱられ、掻き混ぜられる。その掻き混ぜる動きはそのままに、開ききった秘裂へと指が移動した瞬間、あまりの心地好さについため息のような声が洩《も》れてしまった。ハッと気づいて口唇を噛みしめてみたが、エリクに笑われるだけだった。

「我慢する事はない。いつものように感じるままに好い声を聞かせて」

「んん……っ……あ、あぁあっ！　あ、あぁ……んやぁ……」

蜜口から溢れた愛蜜を掬われたまではなんとか堪えていたが、ぬめる指で昂奮に尖る秘玉を転がすように撫でられ、核芯《かくしん》を剝き出しにされてさらに撫でられたら、もう我慢出来なかった。リクエストに応えた訳ではないが、蕩《とろ》けるような快感に衝《つ》き動かされるまま声も溢れ出てしまい、腰も淫らにくねってしまった。

「あん、やん……エリクお兄様ぁ……だめなの。そこばかり弄ったらだめなの……」

「どうして？」

「ん……っちゃう……達っちゃうから……お願い……あ、あぁ……」

「我慢しないで達ってごらん……ほら、こうやって……そっと撫でるのが好いんだよね」

こうやってと言いながら、剝き出しになった秘玉を触れるか触れないかというところで速く擦られるのがたまらなく好くて、腰だけがエリクの指を求めるように突き上がるように持ち上がっていく。

両親のベッドで淫らに達してしまう背徳感より、身体の本能が理性を凌駕《りょうが》していくのを感じて、首を振りたててなんとかやり過ごそうともしたが、無駄な足掻《あが》きだった。リュシエンヌの好きな責め方を熟知しているエリクは、達く寸前にリュシエンヌの蜜口が見せる、慎ましやかな開閉を見逃さず、余った指を挿入して秘玉を弄り続けるのだ。

「いやぁん……！　そんなにしたら達っちゃう！」

「フフ、もうすぐだね……美味しそうにしゃぶってすごく締めつけてくるよ……？」

「あぁ……あん、ぃく……達く……達っちゃう……だめ、だめぇ……達くのだめぇぇ！」

なんとか堪えようともしたが、エリクに言葉でも煽《あお》られて腰の動きに合わせて指淫を続けられたらもうだめだった。敏感な身体はあっという間に上り詰め、エリクの指を何度も何度も締めつけながら達ってしまった。

「……ぁ……っ……ん……んっ……」

それでもまだ余韻《よいん》は深く、腰が意図せずびくん、びくん、と跳ねて、エリクの指をもっと奥まで誘い込んでは吸いつく。その度に甘く痺れるような快感が生まれては全身へと広がり、拘束された指先や散々弄られた乳首、くぅっと丸まったつま先まで官能に浸りきり、乱れた呼吸をしながら、徐々に収束していったのだが——。

「ぁ……？　あっ、あぁっ……いやっ、まだしないでぇ……！」

達った余韻を味わい尽くしたのも束の間、エリクは挿入していた指を抜き挿しし始めた。自らの灼熱《しゃくねつ》を受け容れやすくする為なのだろう。中を寛《くつろ》げるよう指を増やし、くちゅくちゅと粘ついた音をたてながらリュシエンヌを啼《な》かせた。

それでもエリクは持ち前の執拗《しつよう》さで、柔らかいのに締めつけてくる媚壁《びへき》を熱心に擦り続けていると、リュシエンヌの声色が微妙に変化してきた。

「あん、ん……あっ、あぁ、あっ、あっ……」

最初は鋭い声をあげていたが、奥をつつかれると甘い声が洩れるようになる。桃色に染まった肌を舐められるのにも感じて、リュシエンヌの表情がとろん、と蕩け始めると、エリクはニヤリと笑った。

全身で感じきっている時に浮かべるエリクとシリクしか知らない表情。エリクの指を迎え入れている蜜口からも緊張が解け、むしろ合わせるような息遣いになり、無意識のうちに腰を使ってしまう。

「リュシー、リュシー？　気持ちいい？」

「あん……もちいいの……ん……あん、ん……」

「もっと……？」

「うん……ぁ……もっと……もっとして……」

エリクが優しく囁いてくるのに素直に頷《うなず》いて完全に身を任せると、エリクは望みどおりリュシエンヌが最も感じてしまう箇所を擦りたててくる。

「あぁん、んっ……ぃい……好いの……あん、エリクお兄様ぁ……」

秘玉のちょうど裏側にあたるその場所をちゃぷちゃぷと猥《みだ》りがましい音をたてながら擦られると、どうしようもないほど感じてしまう。身体の中から甘く蕩けていくようで、そのくせエリクの指に媚肉が吸いついてしまうのだ。けれど足りない。指が出入りするのもいいが、もっと奥がせつないとざわめく。リュシエンヌ自身も最奥を逞しいエリクの情熱で満たしてほしくなってきた。

「エリクお兄様ぁ……もっと、もっと奥までちょうだい……エリクお兄様が欲しいの……」

甘えた声でねだると、エリクは手早く服を脱ぎ捨てて屹立《きつりつ》する灼熱を曝《さら》した。

「リュシーが欲しいのは……これ？」

「あぁ……」

目の前に差し出されて、歓喜に思わずため息のような声が洩れてしまった。

以前は見る事すら憚《はばか》られ、お腹に付くほど逞しく反り返った灼熱が、自らの隘路《あいろ》を出入りするなんて信じられなかった。しかし今はもう恐ろしくもない。むしろ自分を無限の快楽に誘ってくれる愛おしい器官であり、見ているだけでも媚壁がせつなく蠢動《しゅんどう》してしまう。

「エリクお兄様ぁ……早くして……」

「可愛いおねだりが上手になったね。もちろんすぐにあげるよ……」

「あ、ん……んっ……っ……んふ……ぁ……」

　弾力があるのに硬い先端が、蜜口を撫でるような仕種をしながら、ゆっくりと押し入ってくる。すっかり蕩けきっているリュシエンヌの中へのみ込まれていく様は、まるで甘い生クリームの中へ、熱したナイフがすんなりと入っていくようで――。

「奥まで届いてる……？」

「あんん、んっ……エリクお兄様が奥にいるの……」

　待ち焦がれていた灼熱を最奥までのみ込み、充足感を存分に味わいながら凝視めると、エリクも情欲を堪えるようなため息をつく。

「美味しそうにしゃぶってるね……わかる？　オレは動いてないのに、リュシーが奥へ持っていこうとしてるんだよ……たくさん吸いついて……」

　たまらない、と耳許で吐息のように囁かれて、それにも感じてしまった。訊かれたとおり媚壁がせつなくひくついて、エリクをもっと奥へと誘ってしまうのが自分でもわかる。

　しかしリュシエンヌ自身ではコントロールが利かなくて、意識すると余計にせつなく締めつけてしまうのだ。それが好いのかエリクが耳許で息を凝《こ》らし、リュシエンヌの腰を摑んで穿《うが》ち始めた。

「リュシー……っ……」

「ぁあっ……あ、あっ、あ、ん……」

「好ぃ……？」

「やん、ん……あ、あっ、あ……ぃい……好ぃ……」

最初はゆっくりと波のように揺さぶられるような抜き挿しを繰り返されたが、不意にずくずくと烈《はげ》しく出入りされるのがたまらく好い。擦り上げられる度に声が押し出されるようにあがってしまい、すぐにでも上り詰めそうになる。しかしそうするとまた穏やかな抜き挿しをされて、リュシエンヌの心地好さそうな声が小さくなると、また烈しくされる。

「あぁん、もう……エリクお兄様の意地悪……」

頂点へ上り詰めそうになるのに、緩急をつけた律動のおかげで、絶頂のタイミングを摑み損ねてしまい焦れた身体が波打つ。挿入してからのエリクはいつもリュシエンヌを焦らしてばかりなのだ。その代わり絶頂を迎える時は極上の快楽を与えてくれるが、それまでのうちにたまらなくなってしまい、リュシエンヌもつい淫らに腰を使ってしまうのだった。

今もまたエリクの動きに合わせて腰が淫蕩《いんとう》に蠢《うごめ》いてしまい、最初はバラバラだった呼吸がひとつになる。その時の一体感はなんともいえず心地好く、双つの乳房が上下するほどの律動を一緒に繰り出していたのだが——。

「オレを抜きにしてずいぶんと愉しそうだな」

「あぁ……シリクお兄様……あん、んっ、ふ……」

扉が開いたかと思うとそこにはシリクがいて、挿し貫かれているリュシエンヌに笑みを浮かべる。しかしとうに蕩けきっているリュシエンヌは、シリクがやって来た事を認識しながらも、エリクに揺さぶられる感覚に甘い喘《あえ》ぎを止められなかった。

「すっかり蕩けきってるね。エリクはそんなに好いの？」

「あん、ん……好い、好いの……っ……あぁぁぁぁ……」

シリクが悪戯《いたずら》に乳房を触りながら訊いてきた時、また不意にずくずくと烈しく突き上げられて、リュシエンヌは歓喜の声をあげながら身体を弓形《ゆみなり》に反らせた。最奥をつつかれる度に絶頂に近づくのがわかり、焦れた身体が突き上げられるのに合わせてびくびくっと痙《けい》攣《れん》して、エリクを吸い上げるように媚壁が蠢くのがわかる。

「あんん……エリクお兄様ぁ……お願い、もう達かせてぇ……」

「フフ、吸いついて放さない……っ……リュシーはオレのこれが好き？」

「んふ、好き……好きぃ……だからもっとちょうだい……」

「……たまらないな……いいよ、いっぱいあげるからね……」

「あぁっ！　あん、んん……んっ、あっ、あぁ、あん……」

肌と肌が打つ音が聞こえるほどの烈しい抜き挿しをされて、最奥をつつかれると、そのあまりの気持ちよさに頭の中で白い閃光が瞬く。それにより絶頂が近い事を知り、リュシエンヌも貪欲《どんよく》にエリクに合わせて腰を使った。そうするともっと気持ちよくなれて、甘えた声しか出なくなり、どうしようもない快感に首をふるりと振った。

「あん、ん……エリクお兄様ぁ……い、く……達くぅ……もう達っちゃう……」

双つの乳房がたぷたぷと上下に揺れるほどの律動を甘受して、エリクの腰に脚を絡めては、もっと奥まで誘い込むような仕種をして腰を振りたてる。それにはエリクもひとたまりもなかったようだった。

「リュシー……っ……」

ふるっと胴震いをしたエリクは、さらに烈しく、もっとリュシエンヌの締めつけを愉しむように出入りする。

「あぁん、エリクお兄様ぁ……もう、もう……」

媚肉を捏ねるように出て行き、掻き分けるように入ってきては最奥を擦りたてられて、もう少しも我慢出来なかった。身体を絞るようにして全身で締めつけながら達すると、エリクは息を凝らして最奥へと入り込み、熱い飛沫《ひまつ》を浴びせる。

「あぁぁん……ん、ん……ふ……」

達ってもなお腰を打ち付けられて、最後の一滴まで最奥へ浴びせられ、それにも感じて身体をびくつかせ、達った余韻に浸りながら乱れた息を整えていると、それまでの様子を黙って見ていたシリクがふと動いた気がした。

首をゆっくりと巡らせると、シリクも服を脱ぎ捨てていて、立派に反り返る屹立をリュシエンヌに見せつけてくる。

「あぁ……」

エリクによって深い快楽を与えられたばかりなのに、シリクにもまた貫かれるのだとおののいたが、重くなった腰はびくともせず、逃げる事は叶わなかった。なによりその気になっているシリクから逃れる事など出来ない事もわかっていた。

しかし少し。ほんの少しでいいから、休みを取らせてもらいたい。一度に二人の情熱を受け容れるのは、細い身体には辛すぎるのだ。

「エリクはそんなに好かったのかい？　蕩けきった声で啼いて……可愛かったよ」

「シリクお兄様……んんん……」

シリクに頬を撫でられて、怯えきった表情を浮かべて凝視めていると、エリクが中から出ていき、また感じきった声をあげてしまった。口を慌《あわ》てて噤《つぐ》んでも既に遅く、二人に笑われるだけだった。

「可愛いリュシー……オレにも愛させてくれるね」

「あぁ、シリクお兄様……待って。少しだけ休ませて……」

「リュシーはなにもしなくていい。ただ感じていればいいんだ」

「あぁっ、待って……待って待って……」

どんなに願っても無駄だった。エリクからあっさりと引き渡されてしまい、シリクに背後から抱きしめられてしまった。

「ぁ……」

背後から座ったまま貫かれるのだとわかり、項《うなじ》が桃色に染まる。その細い項に熱烈なキスをされたかと思うと、膝裏を掬われて開ききった秘所に、反り返るシリクが添うようにあてがわれ、今までの交歓で濡れに濡れている様子を確かめられる。

「フフ、こんなに濡らして……滑ってすぐにでも入ってしまいそうだよ」

「あぁ、いや……ぁ……あぁっ……そんなに擦らないでぇ……」

反り返った灼熱がくちゃくちゃと猥《みだ》りがましい音をたてて、秘所を押し開くように滑る。達ったばかりでぽってりと膨らむ陰唇を張り出した先端が掻き分けては、秘玉をつついてまた蜜口へと引き返していくのだ。

「ぁ……あ……あぁっ……あ、ん……んんっ……」

もうこれ以上の快感は欲しくないと思っていたのに、シリクの灼熱で秘所を撫でられるのを繰り返されているうちに、身体がまた蕩けて口唇からは明らかな喘ぎ声が溢れ出るようになってしまい、耳許でシリクに笑われた。

「ほら、もう感じてる。リュシーの身体はいやがってないね」

「いやぁ、ん……違うの……」

「違わない。ほら……またいっぱい溢れてきて……」

首をふるりと振ってみたけれど、信じてもらえなかった。それもその筈、こぽりと音をたてて溢れ出てきたのは、エリクの名残《なごり》だけではない証拠に、リュシエンヌの蜜口はひくひくと淫らな開閉をしていた。そう、まるで逞しいシリクを早く咥《くわ》えたいのだと言っているような素振りで。

「あ、んん……シリクお兄様、シリクお兄様ぁ……」

「なんだい？」

項にくちづけられるのにも双つの乳房を揉みしだかれるのにも感じて、リュシエンヌは身体をふるりと震わせながら腰を淫らに振りたてた。しかしその行為が身体を余計に燃え上がらせる結果となり、シリクがわざと浅く入り込んでは出ていくようになると、もう我慢出来なかった。

「あん、ぁ……あぁっ……れて……挿れてぇ……もっと奥までして……」

「フフ、リュシーはオレをこんなふうに……早く咥え込みたいの？」

「いやぁん……！」

先端だけを含まされては軽く揺さぶられ、媚壁がもっと奥へと誘い込むような動きをするが、シリクはすぐに出ていってしまい、リュシエンヌはいやいやと首を振りたてた。

身体はとっくに蕩けきっているのだ。焦れてひりつくように渇いて、シリクを欲してしまう。蜜口もまるで甘いキャンディーを欲しがるように、先端を含まされるとしゃぶりつくように吸いつく仕種をするのが自分でもわかる。

「いやなのかい？　それとも挿れてほしいの？　どっちだかわからないな」

「意地悪言わないで、早くしてぇ……あん、リュシーをもっと気持ちよくして……」

「フフ、甘えん坊のリュシー。いいよ、いっぱいあげる……」

「あぁぁっ……っ……ぁ……あっ……」

　ぬるるっと音が聞こえそうなほど淫靡《いんび》にリュシエンヌはシリクの反り返った灼熱をあっさりと奥まで迎え入れた。媚肉が擦られていく快美な刺激に身体が仰《の》け反《ぞ》り、歓喜に身体が小刻みに震える。双つの乳房の頂まで震える様は、見ているエリクをも満足させた。

　しかしエリクは快感に打ち震えるリュシエンヌには触れてこなかった。いつもなら当然の如く触れてきて、三人での交わりになるというのに、今日に限ってはシリクの抜き挿しに感じ入った声をあげて、肉の悦びに浸りきり、夢中になっているリュシエンヌを置き去りに、ベッドを下り立つ。

「素敵だよ、リュシー……シリクにされて気持ちいい？」

「あんん……ん、ふ……もちいい……」

「オレも好かった？」

「あふ……あっ、あん、あっ……エリクお兄様も好かったの……」

快楽に酔いしれれば酔いしれるほど、リュシエンヌは素直になる。もうとっくに理性が飛んでいる状態になればなおさら、リュシエンヌはあどけない表情を浮かべながらも快楽の虜《とりこ》になり、エリクの言葉に素直に頷く。

「いい子だ。リュシーはオレ達に愛されている時が一番美しいね。だからその美しい姿を永遠に留めておきたいと思うんだ」

「ふ……？」

もはやなにを言われているのかわからずに、背中を向けて扉へと向かっていくエリクを凝視めていたが、シリクに集中するよう烈しくされ、甘く淫らな声をあげてシリクの逞しい灼熱に身を任せるように上下に揺さぶられていたのだが、扉のほうでエリクが誰かとなにかを話しているような気配に、つま先がぴくん、と跳ねた。

そして——。

「フフ、やっぱりまだいたね。どうだい、リュシーは美しくてずっと見ていたくなるだろう？　さぁ、前に言っていたとおり、最も美しい時のリュシーをモデルにするといい」

エリクが扉を大きく開け放つと同時に、見てはいけない物を見てしまったように、リュシエンヌの目に正気の光が戻る。なぜなら、そこにはスケッチブックを片手に呆然と立ち尽くしているジョエルがいたからで——。

「……エリク様、オレは……」

「オレ達の招待が気に入らないとでも？　気に入らないならとっくに出て行っている筈だろう。いいから入れ」

「ジョエルさ……あぁぁぁあぁ……っ！」

　シリクに最も好いところを擦られて、あまりの気持ちよさに身体を仰け反らせて感じ入っていたリュシエンヌであったが、エリクが扉の外から招き入れたジョエルを見た瞬間、それまで蕩けきっていた表情が豹変した。

「い、やあぁぁあぁ！　見ないで、ジョエルさんっ！　私を見ないでぇ……！」

「リュシー……オレは……すまない。オレは……――」

　謝罪をするジョエルであったが、その瞳はリュシエンヌの艶《あで》やかにも淫らな姿を余すところなく凝視め、すっかり魅入られている。よく見れば小刻みに震えもしていて、瞳は驚《きょう》愕《がく》に見開かれっぱなしだ。

「描かせてやると言ったら喜んでついて来たじゃないか。ほら、リュシーは美しいだろう？　早く描いてみせろ」

「あぁっ……シリクお兄様、やめてぇ……やめて！　そんなにしないでぇ……！」

　膝裏にあてがわれたシリクの手が、脚をさらに左右に開いて灼熱の楔《くさび》を根元までのみ込んでいるリュシエンヌの秘所をジョエルの前で暴く。しかもわざとねちゃくちゃと粘ついた音をたてて出入りする様まで見せつけて。

「あぁっ……あ、あぁっ、あん、ん……あっ、あ、あぁっ……！」

ジョエルを目の前にした途端に醒めなければいけないのに、シリクに最奥まで貫かれる度に、リュシエンヌは堪えきれない声をあげてしまう。そんな浅ましい自分に嫌気が差して、どうにかなってしまいそうだった。

「リュシー……」

年上だけどとても誠実で純朴《じゅんぼく》なジョエルに、兄達との禁断の行為を見られている――。

そう思うだけで神経が焼き切れそうなのに、さらにエリクまで加わり、リュシエンヌから淫らな声を引き出そうとするのだ。

「あぁん、だめぇ……だ、めぇ……！」

それは確かにジョエルには、兄達と禁忌を犯してしまった事を打ち明けてはいたが、こんなに生々しい場面を見られる事になるなんて誰が想像しただろう。

兄達の兇行《きょうこう》が信じられない。それに今までの兄達の口ぶりからすると、エリクと睦《むつ》み合い、終焉を迎える直前からジョエルは扉の向こうにいたという事。

それまでに自分はどんなに淫らな言葉を口にしただろうかと考えるだけで、目眩《めまい》を起こしそうだった。実際に軽く気を失いそうになったが、シリクに揺すりたてられて意識すら失う事も許されず、ジョエルに痴態《ちたい》を凝視められていた。

「なにを見とれているんだ。あぁ、よしよし……リュシー、わかっているよ。そんなに締めつけなくても好くしてあげるから……」

「オレ達も特別にモデルになるんだ。早く描いてみせろ。それとも、描けないほどリュシーに欲情したとでも？」

「……っ……いいえ、オレは……オレが求めていたのは……――」

「まさか清純で真っ白なリュシーじゃなければ描けないとでも？」

「い、いいえ……そのような事は……」

兄達の言葉に首を振りながら、ジョエルはなにかと葛藤しているようだった。

やはりジョエルにとって、こんなに淫らな自分は受け容れ難い姿をしているのかと絶望に打ちひしがれたが。

「オーベル。おまえの絵に足りない物を見せてやるんだ。ほら、早く描いてみせろ」

「……っ⁉」

シリクの挑発的な言葉を聞いて、ジョエルはハッとなにかに気づいたようで、それまでの戸惑いに揺れていた瞳が、画家のそれに変わった。そしてその場に座り込むと、ペンでこちらに照準を合わせてから、一心不乱にスケッチブックへペンを走らせ始めた。

「あぁ、あっ、あん……シリクお兄様もエリクお兄様もやめてぇ……ジョエルさんもお願い、私を見ないでぇ……！」

いったん画家としてのスイッチが入ったジョエルは、リュシエンヌがどんなに願っても、三人で絡み合う姿を冷静に凝視め、スケッチに起こしていく。兄達が体位を変えてリュシエンヌを快楽へと誘えば、その度に枚数は何枚にも及んだ。

「あぁん……溶けちゃう……溶けちゃうぅ……」

シリクが抜き挿しするのに合わせて、エリクが秘玉を舌先でつついては思いきり吸うと、あまりにも気持ちよくて、下肢が蕩けてなくなってしまいそうだった。その姿もジョエルに描かれているのだ。ふと見ればジョエルはなにかに取り憑《つ》かれたような目つきで、リュシエンヌを食い入るように凝視めては、ペンを走らせる。まるで自らの欲望を白いページへ描くようにも見えて、羞恥《しゅうち》に消えてなくなりたいほどだった。

「あん、んんっ……あっ、あぁ、あ、あん……シリクお兄様ぁ、エリクお兄様ぁ……見てるの、ジョエルさんが見てるのぉ……」

「リュシーの一番美しい姿を描いてるんだよ」

「オレ達に愛されている姿だよ……嬉しいだろう？」

兄達も兄達だ。二人が同時に頬をべろりと舐めて、そのまま乳房へと口唇を寄せては乳首を吸い始めた姿や、身体を複雑に絡め合うシーンを描かせるなんて。

そんな兄妹の秘め事をジョエルに見せて描かせるなんて、リュシエンヌの秘密をジョエルに見せて描かせるなんて、兄達は本当に自分を愛しているのだろうか？

「シリクお兄様もエリクお兄様も酷いわ……んふ……愛しているって言ってたくせに、私のこんな姿を見せても平気なの？」

　酷い、酷い、酷い兄達。リュシエンヌなら愛し合っている姿を描き写させるような酷い真似なんかしないのに、愛していると言いながら三人の痴態を描かせるなんて酷すぎる。

「嫌いよ……嫌い。お兄様達なんて、もう嫌いなんだから……」

「という事は、リュシーもオレ達と同じように愛していた？」

「愛しているよ、リュシー。リュシーは？」

「……私は……あっ、あぁん……ん、んふ……」

　ずくずくと突き上げを速くして、リュシエンヌが達くと同時にシリクが中で弾けた。しかし達してもなお硬度を保っているシリクに抜き挿しをされて、頭の中が白く霞《かす》んでいく。

　自分は兄達を同じように愛しているけれど。身体はとうに兄達のモノになっているが、兄妹で愛し合っても本当にいいのだろうか？

　わからない。深く考えられないけれど——。

「見てごらん。ジョエルの姿を……」

「ひと皮剝けばただの男だと言ったのを覚えているかい？」

「描きながらあんなに奮っているよ」

　ぼんやりと目を向ければ、ジョエルは確かに目を血走らせ、三人の睦み合いを描きながらも欲望に下肢を奮わせていた。

健全な精神を持つジョエルが、自分の淫らな姿を見ては描き、そして奮っている――そんな現実を受け容れたくない。

「ジョエルにも同じように抱かれてみる？」

「いやっ！　こんな事、お兄様達としか出来ないっ……！」

エリクに囁かれた瞬間、考えるより先に口から衝いて出た言葉に自分で驚いた。そして気づいてしまった。今までずっと否定し続けていたのに、心の奥底ではもう既に兄達を家族としてではなく愛していた事に。

けれどまだ素直になれない自分も確かにいて、愛していると口には出来ずにいたのだが、兄達は嬉しそうに交互にキスをしてきた。

「愛してくれているんだね、オレのリュシー」

「愛しているよ、リュシー。リュシーも愛してる？」

「あ……あぁん、私は……あっ、あ……シリクお兄様、エリクお兄様……」

兄達が交互に出入りする様までジョエルに描かれるに至って、リュシエンヌは自らの精神が崩壊していく音をどこかで聞いた――気がした。

「愛しているよ、リュシー……」

「オレも愛しているよ……可愛いリュシー……」

「あん、ん、んん……シリクお兄様、エリクお兄様ぁ……私は……私も愛してる……」

　絶妙なタイミングで出入りする兄達を目一杯に受け止めながら、愛している事を認めた瞬間、シリクとエリクの悦びが身体の中を通して伝わってきて、今まで感じていた以上に身体が蕩けてなくなってしまいそうになった。

「あん、シリクお兄様ぁ……エリクお兄様ぁ……愛してる……愛しているの……だから誰にも触らせないで……」

「もちろんだとも。ようやく認めてくれて嬉しいよ……」

「どこにもやらないよ、オレ達のリュシー……」

「うふ、うふふ……あん、嬉しぃ……」

　交互に舌を絡め合い、また交互に隘路を埋め尽くしてくる兄達の言葉が嬉しくて、リュシエンヌはあどけない微笑みを浮かべる。

「リュシー……君は……」

　身体は淫らにくねらせているが、どこまでも清純な微笑みを浮かべるリュシエンヌの理性が崩壊していく様を目の当たりにしたジョエルが、信じられないものを見たように目を見開くのがわかったが、もう今のリュシエンヌにはどうでもいい事だった。

　兄達の欲望を交互に受け容れてせつなく締めつけると、兄達が悦んでくれるのが嬉しくて、腰が貪婪《どんらん》な動きをするのすら、もうジョエルに見られても構わない。むしろ見せつけるように兄達と絡み合い、淫らな姿を存分に曝す。

（あぁ、堕ちたけれど……）

　過去には共に堕ちていく事を怯えていたが、堕ちた先にはくすぐったくて思わず笑ってしまうような幸福が待っていた。

「うふ、うふふ……お兄様ぁ……ぃい、気持ちいい……して、もっとして……」

　兄達以外の事を考えなくてもいいのは、なんてラクで幸せなのだろう。もう思い悩む事なく、自分らしく生きていいのだ。それはとても——とても幸福な人生に違いない。

　けれど、ひとつだけまだ気になる事があり、リュシエンヌの眉根が不機嫌そうに寄った。

「シリクお兄様もエリクお兄様も、私の友達から花嫁を選ぶと言ったわ。私はこんなに愛しているのに、酷いわ」

　その時の事を思い出したら、焼きもち焼きの自分が出てきて、ますます不機嫌な顔になる。しかし兄達はクスクスと笑い、そんなリュシエンヌの頬にキスをするのだ。

「確かにあの中から選ぶと言ったけれど、誤解しないでほしいな」

「あの中にはもちろん、リュシーも入れてたんだよ」

「本当に……？」

「もちろん」

　疑い深い目で凝視めるリュシエンヌに、シリクとエリクは同時に頷き同じ言葉を発した。

　それが嬉しくて、唯一引っかかっていた問題もなくなり、リュシエンヌは花が咲き誇るような笑みを浮かべる。

「嬉しい……シリクお兄様もエリクお兄様も愛しているわ」

「オレも愛しているよ」

また同時に同じ言葉をもらい、リュシエンヌは笑みを深くした。その時、扉が閉まる音がして、ジョエルがその場を去ったのを知ったが、既にジョエルの存在すらどうでもよく、リュシエンヌはただただシリクとエリクを凝視める。

その一途な瞳を受け止めるシリクとエリクの瞳には、微笑む自分が映っていて、それがなんだか妙におかしく、リュシエンヌはクスクス笑いながら兄達に身体を預けた。

「シリクお兄様もエリクお兄様も私をずっと愛してね？」

「もちろんだとも」

「愛しているよ、オレのリュシー」

「うふふ……ぁ、ん……」

熱烈なキスを顔中に受け、それがくすぐったくてリュシエンヌはまるで子供のように笑い転げながらも幸せに浸り、シリクとエリクに寄り添った。

リュシエンヌを挟んで抱きしめてくれるシリクとエリクとは、本当に相性がいいのだろう。隙間なくぴったりと寄り添う姿は、まるであるべくして在るような、美しくも完璧な一対の形のようだった。

終　章　晩秋の便り

　葡萄《ぶどう》の収穫が最盛期を迎え、ワインの仕込みに村は活気に溢れていた。

　昨年仕込んだワインの初出荷のお祭りも間近に控え、リュシエンヌも少しそわそわしながらも、相変わらず庭仕事をしていた。

　今日は夏が盛りだった最後のハーブを刈り込んで、料理に使う為に干す作業に忙しく、あいにく昼食を食べ損ねてしまったが、先ほど兄達の大好物でもあるブイヤベースを作った時に少し味見をした事もあり、なにより兄達が惜しみない愛を注いでくれるおかげで胸がいっぱいで、空腹を感じる事はなかった。

　晩秋になってもまだまだ日射しは強く、麦わら帽子を押さえながら見上げた空はどこまでも澄んでいて、それを眺めているだけでも幸せな気持ちになれてリュシエンヌは微笑む。

　毎日が幸せだった。幸せすぎて一人でも笑ってしまうほど幸福だった。

それもすべて兄達が愛してくれているおかげだ。独り身の兄妹には降るように縁談話が持ちかけられたが、兄達はリュシエンヌが体調を壊したという理由で、すべての縁談を断り、生涯独身を貫くと村人に宣言してからは、煩《わずら》わしい縁談も持ちかけられる事がなくなり、三人だけの幸せな生活を続けられていた。

（お祭りには行ってもいいのかしら？）

自分が体調を壊した事になっているので、ワインの初出荷のお祭りに出られるか少し心配だった。その日ばかりは村の特産品のロゼワインが飲み放題で、少しばかり羽目を外しても許されるとあって、リュシエンヌはとても楽しみにしているのだが、兄達に止められたら家から出る事も許されないのだ。

とはいっても、最近は家からまったく出ない生活ばかりしていて、外の世界にはまったく興味がなくなってしまったのだが、お祭りには出たいと密かに思っていた。

仲のいい友人達とも久しく会っていない事もあり、友人達とワインを飲んでおしゃべりしたいのだ。

（もしもお祭りに出るのを禁じられたら、サロンを開く許可をもらえばいいわ）

思いついた名案にリュシエンヌは微笑み、庭に咲く秋咲きの薔薇《ばら》の香りを思いきり吸い込んで、クスクス微笑んでいると重い木の門扉が開く音がした。

振り返ってみれば、そこにはワイン製造に忙しく働いている兄達がいて、リュシエンヌは最上級の笑みを浮かべながら駆け寄った。

「シリクお兄様、エリクお兄様。おかえりなさい！　今日はもうお仕事は済んで？」

「ただいま、リュシー。今日はもう仕事は済んだよ」

「ただいま。リュシーに早く会いたくて切り上げたんだ」

「嬉しい……」

　両頬にキスを受けて、リュシエンヌは嬉しさに笑みを深くした。そんなリュシエンヌを愛おしそうに凝視《みつ》め、シリクが肩を、エリクが腰を抱いて庭を歩き始める。

「そういえば、オーベルがまた賞を取ったと新聞に載っていたよ」

「まぁ、また？」

「画法をがらりと変えてからのオーベルは、あちこちから声がかかっているみたいだ」

「すごいのね。私もジョエルさんの絵が久しぶりに見たいわ。きっと美しい風景をたくさん描いているのでしょうね。でも、今までだって綺麗な絵を描いていたのに、なぜ画法を変えたのかしら？」

　不思議そうに首を傾げるリュシエンヌに、兄達は曖昧《あいまい》に微笑み、抱く力を強くしてブロンズ色の髪へとキスをする。

　あの夏の日、リュシエンヌと双子の睦《むつ》み合いをスケッチしたジョエルは、それからアトリエに何日もこもり、一心不乱に三人の交歓を油絵にした。今までの緻密《ちみつ》でありながら繊細で優しいタッチとは打って変わり、荒々しくも情感のこもった筆遣いで描いた絵画は、『美しくも歪《ゆが》んだ罪』というタイトルで世に出た途端、それまで誰の目にも素通りしていた風景絵をあっさりと凌駕《りょうが》し、ある種の人々を惹《ひ》きつけた。

二人の美しい堕天使がブロンズ色の髪の乙女を唆《そそのか》し、快楽へと誘う様は、キャンバスから溢れるほどの背徳感と情熱を帯びていて、ある者はあまりのいかがわしさに目を背け、またある者には官能的に映り、両極端の評価を得たものの、収集家の間では高値で取引される事となったのだ。

それからもジョエルはブロンズ色の髪の乙女を題材にしたエロティシズムに溢れる作品を次々と発表し、遠く離れたパリの地で地位と名誉を得た。

しかしその代わりにジョエルは酒に溺れ、女を次々と代える、ある意味、画家らしくも排他的な生活を送っているらしいが、絵が売れてからパトロン契約を向こうから切ってきた為、それからどうなったかは新聞で話題になる時以外は三人の知らぬところだった。

しかし浮き名を流すようになったジョエルは、ブロンズ色の髪の女としかつき合わないという噂だけはシリクもエリクも耳にしている。きっと――いや、確実にリュシエンヌ以上の女を探しているのだ。

だが、清純でありながら淫蕩《いんとう》でもあるリュシエンヌのような美しい女など、ジョエルには一生見つけられないだろう事もシリクとエリクは知っている。

ジョエルもあの時、リュシエンヌの虜《とりこ》になった一人だ。同じような女でも、リュシエンヌ以外では一生満足出来ないに違いない。それを思うとリュシエンヌの愛を勝ち取った兄弟は、優越感に浸れたが――。

「オーベルにはかわいそうな事をしたかな」

「いや、逆に良かったんじゃないか？」

シリクが言うのに、エリクはすぐに納得して頷《うなず》いた。リュシエンヌという永遠に手に入れられない女神《ミューズ》を追い求め描き続ける事で、ジョエルは大成するに違いないのだ。同情してやる必要などない。

「ジョエルさんがどうしてかわいそうなの？　有名になって幸せではないの？」

「忙しすぎてかわいそうだと思っただけさ」

エリクが軽く言うと、リュシエンヌもすぐに納得したようで、また笑顔になった。リュシエンヌにとってジョエルはもう関係のないただの絵描きという位置づけになっているようで、兄弟を安心させた。

「そうだわ。今年のお祭りには出てもいい？　友達とワインを飲みたいの」

「リュシーは病弱って事になっているから、どうかな……」

「それじゃ、その代わりに友達を招待してサロンを開いてもいい？」

「もちろん。この前はみんな忙しくて流れてしまったけど、今度は来てくれるといいね」

ねだるように見上げるリュシエンヌの頭を撫でながら、シリクが頷くとすぐに笑顔が戻り、リュシエンヌは機嫌が良くなった。

「嬉しい。今度はみんなの為にチーズとワインをたくさん用意して、おしゃべりするの。でもお兄様達は来ちゃだめよ。みんながお兄様達に夢中になっちゃうから」

「わかっているよ。女同士で盛り上がったらいい」

「今度はくれぐれも参加してもらうようにオレが招待状を出してあげるよ」

「どうもありがとう、シリクお兄様」

お礼を言って微笑むリュシエンヌに微笑み返し、シリクとエリクは目を見合わせる。

常に微笑んでいるリュシエンヌの変調は、村人達には既に知れ渡っている事だった。両親の死から徐々に変調をきしたという事にしてあり、村人達は同情して、リュシエンヌがたまに外へ出ても誰もが優しく接してくれるが、どこかおっかなびっくりの対応をするので、リュシエンヌ自身が不思議がる事もあり、滅多な事では外へは出していない。

あれだけ仲の良かった友人達もどこか夢見るようなリュシエンヌの変わりようが悲しいらしく、サロンへ招待しても寄りついてこなくなっているが、今度ばかりは兄弟が頼み込んででも、男爵の地位を振り翳《かざ》してもいい。とにかく娘達を参加させなければと頷き合う。

二人にとってリュシエンヌが第一であり、娘達の気持ちや都合などどうでもいい。リュシエンヌが喜べばそれが二人の幸せなのだ。

「愛しているよ、リュシー」

「誰よりも愛しているからね」

「私もよ、シリクお兄様、エリクお兄様。誰よりも愛しているわ」

愛を囁《ささや》いても、もうなんの迷いも曇《くも》りもなく、愛情を表現してくれるリュシエンヌを満足げに抱きしめて、閉ざされた三人だけの屋敷へと入っていく。

そこにはリュシエンヌが用意した温かな食事が待っていて、微笑むリュシエンヌが常に兄のどちらかを凝視めている。

それはシリクとエリクにとって、長年思い描いていた理想そのものであり、幸せの形だ。

たとえジョエルが『美しくも歪んだ罪』だと批判しようが構わない。その程度で揺らぐほどの覚悟で妹を愛した訳ではないのだ。

「今日はお兄様達の大好きなブイヤベースよ」

「ならばワインはよく冷えた白がいいね」

「言うと思って冷やしておいたの！　私にも飲ませてくれる？」

「もちろんいいよ。その代わり、食事の前に……」

リュシーが食べたい、とエリクに耳許で囁かれ、リュシエンヌは頬を熟《う》れさせて、恥ずかしそうにしながらも兄達に抱きつく。

「今日もするの……？」

「そうだよ。愛しているなら当たり前の事だからね」

「さぁ、リュシー？　今日は一人で悪戯《いたずら》していないか見せてごらん」

シリクの言葉に従い、ソファへ座ったリュシエンヌは自らスカートを捲って脚を開き、秘所を二人に見せつける。まだなにもしていないのに、リュシエンヌの蜜口からは愛蜜が溢れ出ていて、秘所全体をテラテラと濡らしていた。

「もうこんなに濡らして……また一人で遊んだね？」

「だって……だってだって。お兄様達が待ちきれなかったんだもの……」

最近のリュシエンヌは一人遊びを覚えてしまい、二人が仕事へ出かけている間にいけない一人遊びに耽《ふけ》っているのだった。

「あぁ、もうこんなに蕩《とろ》けて……隠しておいたのに、張り型まで使って遊んだな？」

「んぁ……あん……もっとしてぇ……」

シリクが蜜口の様子を確かめるように指で確認するだけで、リュシエンヌは歓喜して二本の指を締めつけてはもっと奥へと誘う。しかしシリクはすぐに引き抜いてしまい、リュシエンヌは残念そうなため息をつき、蜜口をひくつかせるのだ。

「お仕置きにオレ達の前で一人遊びをしてごらん」

「ずっと見ていてあげるから、好いところを自分で弄《いじ》るんだよ」

「そうしたらリュシーが一番欲しいものをあげるよ」

「あん……ほ、本当に……？」

探るような目つきで凝視めながらも、リュシエンヌは既に自らの秘所へと手を伸ばし、くちゃくちゃと音をたてて一人遊びに耽る。もう片方の手は乳房を揉みしだき、尖《とが》り始めた乳首を指先で上下に擦り、ブラウスの布地に響く感触を愉しんでいる。

「本当だよ。オレ達の言う事を聞いて間違いだった事などないだろう？」

「フフ、そうやって転がすのが好い？」

「あぁん、ん……ここをね、あん……お兄様達にちゅうぅって吸われるのが一番好き……奥までお兄様達が入ってて、ここを吸われるのが好いの……」

ここだと言いながら昂奮に剝き出しになった秘玉を指先でころころと転がし、余った指を蜜口の中へと埋めてはくちゅくちゅと出し入れする。しかし自分の指では物足りないようで、しゃぶりつきながらもひくひくと蠢《うごめ》く姿を見せつける。

「それを想像していつも遊んでるんだね」

「あぁ、ソファにまでたらして悪い子だ」

「いやぁん……ん、んんっ……ぁ……こんなに淫《みだ》らな私は嫌い……？」

「まさか」

同時に否定するシリクとエリクに嬉しそうに微笑み、リュシエンヌは淫らな一人遊びに没頭し始めた。乳首を弄っていた指で秘玉を転がし、三本もの指を粘ついた音がするほど烈《はげ》しく抜き挿ししては、指を開き中の様子を見せて二人を誘う。

「あ、ん……お兄様ぁ……もう来て……お願い、リュシーを気持ちよくして……？」

「いいよ。うんと気持ちよくしてあげよう」

「もういやって言ってもやめてあげないよ？」

「あぁっ……ん、ふ……嬉しぃ……」

まるで子供の頃に戻ってしまったように、あどけなく甘えながらも、秘所を弄りながら誘われて、断る理由など二人にはない。ごく自然とリュシエンヌを囲み、顔中にキスをしながらブラウスのボタンを外し、溢れ出た乳房に同時に吸いつく。

「あん、あぁっ……いい……好い……ん、んぅ……気持ちいい……」

舌先で凝《しこ》った乳首を舐めほぐしながらも、シリクの指が媚壁《びへき》を穿《うが》ち始め、エリクの指先が秘玉をくすぐる。息の合った二人の愛撫《あいぶ》にリュシエンヌの身体は弓形《ゆみなり》に反り、歓喜に打ち震える。二人に同時に乳首を吸われながら秘所を弄られるのがリュシエンヌは大好きなのだ。

「あ、あぁっ……シリクお兄様、エリクお兄様ぁ……好い、好いの……もっとリュシーを苛《いじ》めてぇ……！」

先ほどのように淫らな言葉で苛められるのもいつの間にか好きになっていて、今日も兄達を想っているうちに淫らな気分になり、一人で遊んでしまったのだった。

しかし素知らぬ顔でいても兄達にはすぐに一人遊びをした事を気づかれて、こうしてお仕置きをされるのだったが、それもまた嬉しくて。

「あん、もう……挿れて……挿れてぇ……もっともっとリュシーを気持ちよくして……」

我慢出来ずに甘えてねだるリュシエンヌに、二人はもちろん応えるべく膝裏に手を添えて脚を開かせると、リュシーの可愛さに既に腹に付くほど反り返る灼熱《しゃくねつ》を、まずはシリクがなんの躊躇《ためら》いもなく、蕩けきっているリュシエンヌの中へと突き立てる。

「あぁっ！　あっ……っ……あ、あぁっ、あっ……ぁ……！」

ちゃぷちゃぷと猥《みだ》りがましい音をたてて抜き差しを繰り返し、リュシエンヌから完全に力が抜けてしまうと、シリクが退き、今度はエリクが最奥まで一気に擦り上げる。そして存分に快感を得ると、今度はまたシリクが入り込み、抜け出た瞬間にエリクが突き上げる。

「あんん……あ、あっ、あぁっ、ん……ん、ふ……ぁ……」

最初はゆっくりだった交互の抜き挿しだったが、三人の息がぴったり合うようになる頃には烈しさを増し、息をつく間もさえないほど速く媚壁を擦られる。耳許で兄達が息を凝《こ》らすのにも感じて、二人の背中に抱きつき爪を立てた時、それが引き金となって兄達のリズムがさらに速くなった。

「リュシー……っ……愛してる……」

「オレも愛しているよ……」

「あぁん、私も……私も愛して……あぁん……ん、んふ……ふ、ふふ……シリクお兄様ぁ、エリクお兄様ぁ……大好き……うふふ……リュシーはお兄様達が大好き……」

　シリクとエリクが交互に舌を絡めてくるのを受け容れ、ずくずくと突き上げられるのにも感じて、リュシエンヌはあまりの悦《よろこ》びに思わず微笑んだ。

　そんなリュシエンヌを見てシリクとエリクも嬉しそうに目を細め、極上の快楽を与える為に、息の合った律動を繰り出す。

「あン……！　も、すご……あぁん、あっ、あ、あぁ、あ、ん、んぅ……」

　兄達の愛情が身体を通して伝わってくるのが嬉しいが、あまりの気持ちよさに微笑んでいた筈《はず》のリュシエンヌの表情が淫蕩なものへと変化していく。瞳もとろりと蕩けて、すっかり感じ入っているが、それでもシリクとエリクをしっかりと見分けて愛を告げるのだ。

「んふ……シリクお兄様、大好き……あん、エリクお兄様も大好きよ……」

「オレも愛しているよ、可愛いリュシー」

「もちろんオレもだよ。ずっと愛しているからね、オレのリュシー……」

　リュシエンヌだけはなにがあろうとも見分けてくれる。それは髪のひと筋すらもそっくりで、誰もが見分けがつかないシリクとエリクにとって、最高の愛情表現だった。

　分身であり、魂の片割れ。反発し合った時期もあったが、リュシエンヌだけが自分が自分である存在理由を証明してくれて、どんなに嬉しかったか。きっと語っても語り尽くせないほどに、シリクもエリクもリュシエンヌを愛している。

もっとも、あまりにも愛しすぎて幼くなってしまったが、結果的には自分達だけを凝視めて、そのうえでしっかり見分けてくれるようになったのだから幸せだった。

「リュシー、なにか欲しい物はない？」

「本当に？　それじゃ、また三人でクローバーの花畑で花冠を作りたいわ。お兄様達と一緒なら、きっと楽しいわ」

すっかり子供の頃の記憶が甦《よみがえ》っているのか、花畑での楽しい思い出を語るリュシエンヌに、二人は優しく微笑んだ。

「いいよ、花畑に行こう」

「三人で出かけるなら、きっと楽しいね」

「あん、嬉しい……けれど、今はもっとして……？」

「もちろん」

リュシエンヌのあどけない言葉を聞いたら許された気分になり、二人同時に返事をした。

誰よりも愛おしくて、お互い以外には誰にも渡せないほど愛している実の妹。

敬虔《けいけん》なクリスチャンだった両親の許、箱の中で大切に育てられ、世間知らずなのをいい事に、愛を免罪符にじわじわと追い詰め、ようやく手に入れられた大事な宝物。

この愛すべき存在を手に入れる為なら、悪魔と罵《のの》られても構わない覚悟で愛したのだ。

そう、リュシエンヌを手に入れる為なら、どんな事でも——。

「愛しているよ」

「リュシー、愛してる」

「私もよ。シリクお兄様、エリクお兄様」

にっこりと微笑んで、しっかりと応えてくれるリュシエンヌの頬にキスをして、あとは歓喜の声を心地好く聞く事に専念するシリクとエリクの瞳には、リュシエンヌしか映っていなかった。そしてリュシエンヌも。愛されている実感に胸を熱くさせ、兄達と共に極上の快楽を目指す為に、淫らに身体を躍らせる。

「あぁん……シリクお兄様ぁ、エリクお兄様ぁ……いい、好いの……もっとしてぇ……」

あまりにも気持ちよすぎて浮かんだ涙が、ひと筋流れ落ちた。

もう、ラベンダーの花束を抱きしめて、無邪気に微笑んでいた初夏は戻ってこない。

小さな村にある誰をも近づけない閉ざされた箱庭へは、まるでワインセラーのように淀《よど》んだ空気が吹き溜まり、プロヴァンスの爽《さわ》やかな風が吹き抜ける事は二度となかった——。

あとがき

担当様はある朝、出勤する時に道を歩きながらふと考えていたそうです。

「なんで沢城《さわき》には難しい注文ばかり毎回課してしまうのだろう……」と。

そう思っているのなら……なら、うぅっ……担当様ぁ、もっと優しくしてくだされ！

あ、こんにちは。初めましての方は初めまして、沢城利穂《りほ》と申します。

いきなり取り乱してすみません（笑）。

今回の作品はティアラ文庫さんの公式ケータイサイト「G'sサプリ」で連載されていた作品の完全版です。

その時から毎週読んでくださっていた方には厚く御礼申し上げます！

それほど補正しないでお送り致しましたが、いかがでしょうか？

連載当時と違和感のないように仕上げたつもりですが……ラストはお口に合いましたでしょうか？（ドキドキ）。

そして今回も担当様とは熱いディスカッションを繰り返し、お互いに納得のいく形まで収めたのですが、いやぁ、なかなかバトりました（笑）。

そして熱いディスカッションの際に、ページ数の確認をしたのですが、担当様ったら思いきり、それはもう思いきり堂々とページ数を間違えてくれまして（笑）。

それを信じてそのページ数を目標に書いていたのですが、このあとがきを書いているところでページ数が合わないという不思議な連絡を戴きましてー。

普通なら私の既刊と同時発売の先生方の御本の広告が入るだけなのですが、今回はあとがきの後ろにいろいろな先生方の作品のご紹介ページがずらっと続きますので、気になる素敵本がございましたら、他の先生共々、どうぞよろしくお願い致します！

ちなみに担当様はページ数を間違えた事に凹みまくっていたので、かわいそうだから今度、なにかおごってもらう事でチャラにする事にしました（笑）。

とりあえず、銀座の寿司でも食べさせてもらおうかとも思いましたが、あまりの凹みように私が悪者になった気分になったので、回転寿司にでも連れて行ってもらいます！

最近は回転寿司もなかなか侮れないですからね。今から行くのが楽しみです！

いつかブログに回転寿司の画像がアップされていたら、それが今回のおごりだと思って、ニヤリとしてくださいまし（笑）。

と、まぁ。担当様ネタは挙げだしたら尽きないのですが、作文中のお話を少々。

私が頭で考えた文章を文字にする際の事なのですが、どうも気持ちが先走ってしまうせいか、指が勝手に動いてしまって、リュシーがシリクを呼ぶ時、なぜか『シリクお兄様』が『シリク鬼様』と、誤変換しまくっていたのは、私の心が正直だからでしょうか？

それとも私の指がシリクお兄様を嫌っていたのか、今となっては謎です。

「あぁ、またシリク鬼様になってる！　鬼様が出てしまった～！」と、焦って直す時に限って、あんな事とかそんな事をしている最中なところがまた（笑）。

　エリクお兄様の時はそんな事がないのに、意地悪なシリクお兄様を書いている時にだけ発動するので、なかなか私の指も正直というか～（笑・今も鬼様変換になりました！）。
あ。作中に出てきたお菓子ですが、カトルカールはいわゆるパウンドケーキの事です。作り方もほぼ同じですが、カトルカールはバターを全部溶かして作る製法のほうが多いようで、お菓子作りが趣味の私は、バターを練らずに済んで、レンジでチンしてバターを溶かして一気に仕上げられるカトルカールのほうをよく作ります！

　レモンのカトルカールは甘酸っぱくてクセになる美味しさです。出来上がったカトルカールにレモンの果汁入りアイシングをかけると、さらに美味しいですよ～！
お菓子作り初心者の方でも簡単に作れるので、是非お試しください。
あ、その際は是非とも無農薬のレモンを使う事をお勧め致します！

　そして今回はプロヴァンスの片田舎の閉鎖的な雰囲気バリバリに書いてみましたが、いかがでしたでしょうか？

　いつかラベンダーが盛りの時季にプロヴァンスへ行って、作中にも登場させたセナンク修道院を見学してみたいものです。

　でもきっとフランス語がぜんっぜんわからなくて、一人旅は無理だろうなぁ～。

こうなったら、放課後ラーメンクラブという部活動の他に、プロヴァンス風の会という部活を開催して、一緒に行ってくれる猛者《もさ》を探さねば（笑）。

放課後ラーメンクラブは、以前勤めていた会社で設立した部活で、美味しいラーメンがあると聞けば都内近郊まで駆けつけて、ラーメンを食したら即解散する、という男前な会なのです。あなたも放課後ラーメンクラブに入部しませんか？（笑）。

あぁ、いけない。深夜なのでお腹が減って、ついラーメンの話をしてしまいましたが、そんな場合ではなかった。作中の舞台となっているプロヴァンスの話なのです。

プロヴァンスの爽《さわ》やかな雰囲気はあまり書けませんでしたが、閉鎖的な片田舎にありがちな村の裏の顔、みたいなものが伝わっていたら嬉しいです。

閉鎖的な淫靡《いんび》さといえば、潤宮《うるみや》るか先生が、連載当時から雰囲気たっぷりなイラストを描いてくださったので、その雰囲気もあなたに伝わっていると嬉しいです。

という事で、潤宮るか先生には、今回はとてもお世話になりました！

タイトなスケジュールの中、麗《うるわ》しい双子と美しいリュシーを描いてくださって本当にどうもありがとうございます。私は双子のお兄様達がお気に入りで、ラフを拝見した時に衣装から髪型から表情まで、もう理想どおりで一発オッケーを出したほどお気に入りです。

もちろんリュシエンヌもとっても美人さんに描いてくださって、最高に幸せでした！

もう本当にラフから素敵な仕上がりで、イラストを拝見するのがいつも楽しみでした。

これからもよろしければ仲良くしてくださると嬉しいです。

担当様も散々ネタにしてしまいましたが、本当は仏のように優しい担当様です。

今回は公私共にバタバタしてしまい、胃と肝臓を痛めさせてしまったのではないかと心配しておりますが、これにコリずに今後もよろしくお願い致します！

それからこの本に携わってくださって素敵なデザインをおこしてくださったデザイナー様、アホな誤字脱字をチェックしてくださった校正者様、それ以外にもこの本の為に奔走してくださった皆様、本当にどうもありがとうございます！

そしてここまで読んでくださったあなたへは、最大の感謝を致します。

この本を手に取ってくださって、本当にどうもありがとうございます！

今回はいつもとガラッと変わったラストなので、ほんっとうにドキドキしておりますが、少しでも気に入って戴けて、本棚の片隅に置いて戴けると幸せです。

この本で少しでもプロヴァンスへ旅行して、男爵家の庭を散歩した気分を味わって戴けると、沢城もとても嬉しいです。

ではでは、また次回お会い出来ましたら！

沢城利穂

禁《きん》じられたX《エックス》

ティアラ文庫をお買いあげいただき、ありがとうございます。
この作品を読んでのご意見·ご感想をお待ちしております。

✦ ファンレターの宛先 ✦
〒102-0072　東京都千代田区飯田橋3-3-1
プランタン出版　ティアラ文庫編集部気付
沢城利穂先生係／潤宮るか先生係

ティアラ文庫WEBサイト
http://www.tiarabunko.jp/

著者――沢城利穂（さわき りほ）
挿絵――潤宮るか（うるみや るか）
発行――プランタン出版
発売――フランス書院
〒102-0072　東京都千代田区飯田橋3-3-1
電話（営業）03-5226-5744
（編集）03-5226-5742
印刷――誠宏印刷
製本――若林製本工場

ISBN978-4-8296-6623-4 C0193

ティアラ文庫

Tia6622

♥ 好評発売中! ♥

ティアラ文庫

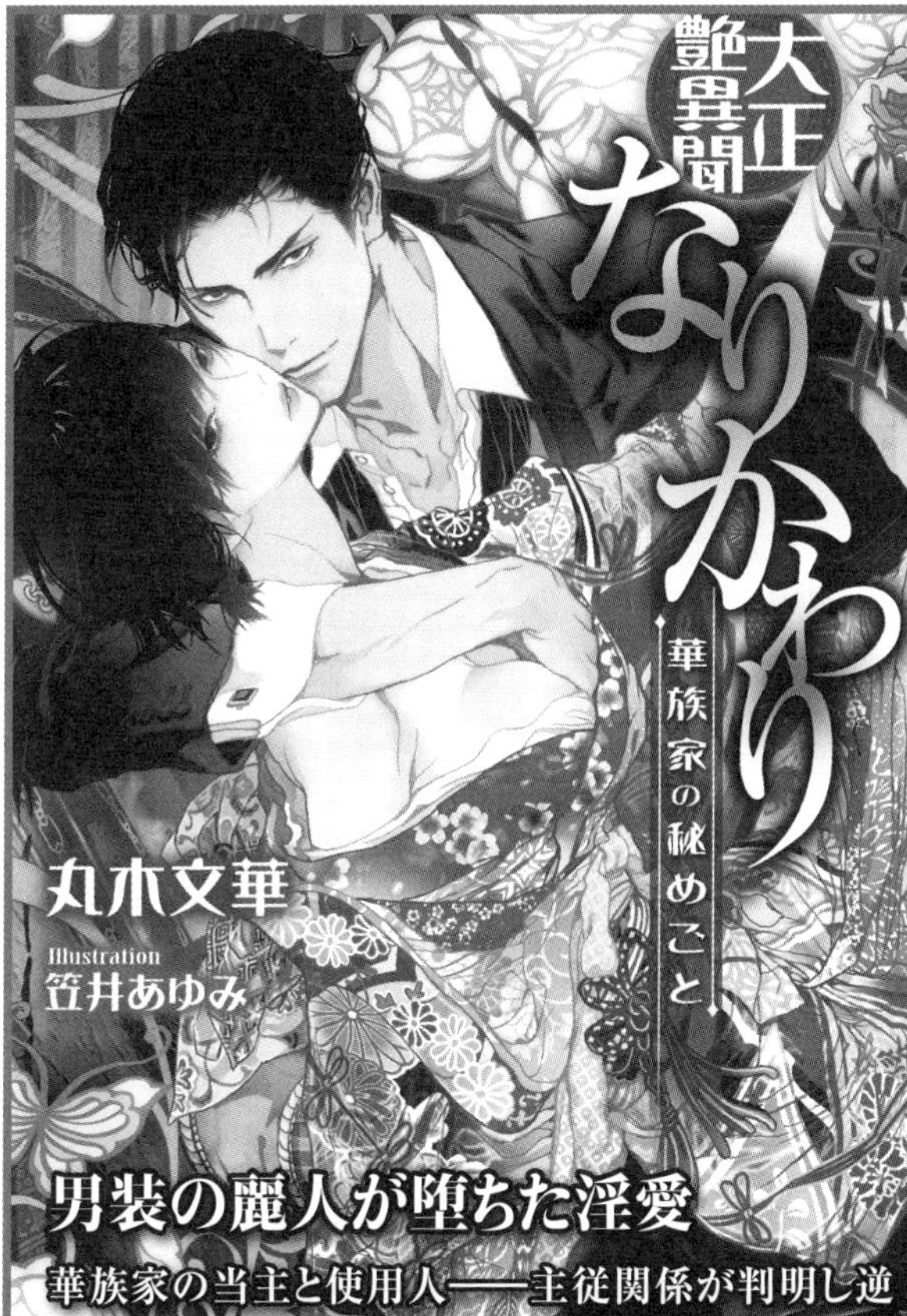

Tia6625

♥ 好評発売中! ♥